www.tredition.de

Hans-Peter Schmidt-Treptow
mit Sandie Rose

Ist das Leben wirklich so?

Antworten in Geschichten

D1718107

© 2023 Hans-Peter Schmidt-Treptow

Verlag & Druck: tredition GmbH, An der Strusbek 10, 22926 Ahrensburg

ISBN
Paperback: 978-3-347-83762-1
Hardcover: 978-3-347-83768-3
E-Book: 978-3-347-83772-0

Zum Schutz der Persönlichkeitsrechte wurden Namen, Berufe, Orte, Charaktere, teilweise auch Geschlechter verändert.

... für C.

Für Ulrike Nenadt,
Viel Spaß beim
Lesen und vielleicht
gefällt Ihnen ja
die Idee.
Gute Genesungswünsche
Hans-Peter [signature]

Mainz, 4.X. 2023

Inhalt

Erfolg ist etwas sehr Schönes und wird schmerzlich vermisst, wenn er nachlässt oder ausbleibt. Mancher verliert dann die Bodenhaftung und gerät ins Straucheln. Das ist nicht nur in der Glitzerbranche so. Ich habe das selbst manchmal an Arbeitsplätzen erlebt, die zwar gut dotiert waren, mich aber nicht glücklich machten, da gute Ergebnisse ausblieben

Was macht eigentlich Barbie Boston?

Wie hatte sich Barbie gefreut, als vor ein paar Monaten das angesagte Wochenmagazin *Glamour* anrief und um eine Homestory bat. Jetzt hielt sie das Heft in den Händen und suchte gierig nach dem Bericht über sie. Sie wurde fündig, es fiel ihr wie Schuppen von den Augen als sie las „Was macht eigentlich Barbie Boston". Geschockt saß sie einige Minuten da und starrte ins Leere. Tränen flossen über ihre Wangen. Dann rief sie ihren Bruder Thomas an, der mit fast siebzig Jahren immer noch große Erfolge als Entertainer Alex White feierte. „Was ist denn los, warum heulst du? Ich habe nicht viel Zeit, wir zeichnen gerade eine Quizshow auf!", fiel er ihr ins Wort. Es war nicht das erste Mal, dass seine Schwester ihn völlig aufgelöst anrief, um sich über irgendwelche Unwichtigkeiten auszulassen. Langsam erkannte er aber, dass sie verletzt schien. Martina, wie Barbie eigentlich hieß, erklärte mit gebrochener Stimme was passiert war. „Schwesterchen, ich habe dich vor Wochen gewarnt, diesem Blatt ein Interview zu geben. Du weißt doch wie die ticken, fragen dich an für eine Story und wühlen dann im Dreck!" „Ja, aber ...!" „Nichts, ja aber! Du bist seit den siebziger Jahren dabei, hattest deinen Erfolg als Sängerin,

aber du hast nichts gelernt, bist beratungsresistent!",
fauchte er sie an. Trotz ihrer unendlichen Traurigkeit
musste die Sängerin feststellen, dass ihr Bruder sie
jetzt erst mal loswerden wollte. „Weißt du, es ist ja
auch völlig egal, was die schreiben! Jede Schlagzeile
zählt, jeder Bericht ist Werbung, sieh es einfach mal
positiv!" Dann verabschiedete er sich und ließ seine
Schwester mit ihrem Kummer zurück.

Den ganzen Vormittag über ging Barbie die Reportage
nicht aus dem Kopf. Zwischendurch hatte sie klare
Momente als sie über die letzten fünfzig Jahre nach-
dachte, wies diese Gedanken aber schnell von sich.
Sich tatsächlich mit der Realität und sich selbst aus-
einanderzusetzen, war nicht ihre Stärke. Es stimmte,
dass sie in den 1970 er Jahren die beiden Hits „Nun
macht mal alle mit" und „Herzen auf Reisen" hatte. Die
Künstlerin galt als Stimmungssängerin und hatte un-
zählige Fernsehauftritte. Von der *Bravo* wurde sie
mehrfach mit dem *Otto* ausgezeichnet. Sie verdiente
damals gut, konnte aber mit Geld nie umgehen, inves-
tierte ihre Gagen in Klamotten, Schuhe und teure
Handtaschen. Zweimal war sie verheiratet mit Nichts-
nutzen. Sowohl Gerd als auch Toralf hatten sich im
Ruhm der Schlagersängerin gesonnt und sie ausge-
nommen wie eine Weihnachtsgans. Zu Beginn der
1980 er Jahre kam die *Neue Deutsche Welle* auf und
der Stern von Barbie Boston verblasste sehr schnell.
Hin und wieder buchte man sie für schlecht bezahlte
Kreuzfahrten. Dort wurde ihr Retrorepertoire gelangweilt vom Publikum beklatscht. Sie hasste es, immer
als die kleine Schwester von Alex White bezeichnet zu
werden, zumal es stimmte, dass sie in ihren Anfängen

erfolgreicher und verkaufsträchtiger war als ihr Bruder. Die *Bild schrieb* damals die Schlagzeile „Alex macht Kunst – Barbie macht Kasse", was durchaus der Wahrheit entsprach. Im Laufe der Jahrzehnte hatte sich ihr Bruder aber weiterentwickelt, an sich gearbeitet. Heute zählt er zu den Großen der Branche, seine Tourneen sind stets ausverkauft und jedes seiner Alben erreicht vorderste Plätze in den Charts.

Besonders über den Satz „Mein Bruder hilft mir, wo er nur kann" hatte sie sich in dem *Glamour*-Bericht geärgert. Die hatten daraus gemacht, dass die Künstlerin auch finanziell von ihrem Bruder unterstützt wird. Das verdrängte Barbie ebenfalls gern, denn es stimmte. In ihrer naiven Art wollte sie sich dem Redakteur von *Glamour* ganz professionell präsentieren, plapperte aber nur Unsinn, den sie für wichtig hielt. Der Journalist war Vollprofi genug, das auszunutzen. Er ließ sie einfach reden, so erfuhr er Dinge, die besser nicht an die Öffentlichkeit gedrungen wären.

Vor ein paar Jahren hatte ein Privatsender angefragt, ob sie an einem neuen Fernsehformat teilnehmen wolle. Es ging um eine Schnitzeljagd durch ganz Europa mit weiteren elf Kandidaten, die zum Teil noch unbekannt waren oder den Zenit ihrer Karriere mehr als überschritten hatten. Dazu kamen noch zwei Z-Promis, die vorher in irgendwelchen Reality-Shows mitgemacht hatten. Barbie erreichte einen hervorragenden zweiten Platz und kassierte als Siegprämie satte fünfzigtausend Euro. Den Deal hatte seinerzeit das Management ihres Bruders eingefädelt, das sich dafür mit fünfundzwanzig Prozent der Gage entlohnen ließ. Dass das Geld versteuert werden musste, war der Sängerin nicht bewusst. Irgendein bösartiger Kollege hetzte ihr ein paar Monate später die Steuerfahndung auf den Hals. Natürlich sprang Thomas wieder ein und half seiner Schwester. Sie hatte sich ernsthaft einen Karriereschub aus dieser Schnitzeljagd-Show versprochen. Aber die Angebote blieben aus. Gelegentlich wurde sie irgendwo auf dem Land für ein Dorffest oder eine Disco angefragt. Meistens kam es aber nicht zu den Engagements, da sie immer noch Gagenvorstellungen in den Raum warf, die jenseits von Gut und Böse lagen.

Inzwischen lebte sie wieder in ihrem Heimatort Schellerten, einem kleinen Dorf bei Hildesheim. Das Leben in München wurde auf Dauer einfach zu teuer. Alex zahlte wieder mal alles: Umzug, Neueinrichtung der Wohnung und Altschulden bei irgendwelchen Gläubigern. Da sie die kostspielige Dreizimmerwohnung in München-Bogenhausen irgendwann nicht mehr bezahlen konnte, fand Barbie zunächst Unterschlupf bei einer Freundin, die am Stachus einen Hundefriseurladen betrieb. Dort fristete sie ihr Dasein in einem Hinterzimmer und bekam Depressionen. Ein paar Freunde, die ihr geblieben waren, rieten damals, sich unbedingt wieder auf eigene Beine zu stellen. Nach einer Kurztherapie sah sie Licht am Ende des Tunnels und fasste den Entschluss zurück nach Schellerten zu gehen.

Eigentlich fühlte sie sich hier ganz wohl. Die Dorfbevölkerung ging höflich und freundlich mit ihr um, schließlich war sie ja ein Star, dem man Achtung entgegenzubringen hatte. Jedenfalls war das Barbies Vorstellung auf ihrer rosa Wolke. Hin und wieder kramte sie einen Karton heraus in dem die Sängerin alte Zeitungsartikel über sich aufbewahrte und schwelgte in Erinnerungen. Vor Kurzem fiel ihr ein Blatt in die Hand, das einen Bericht von 1972 über die Entstehung ihres Künstlernamens präsentierte. Dieser war übertitelt mit „So wurde aus Martina Meisinger der Star Barbie Boston". Sie musste grinsen. Ihre Eltern betrieben damals in dem Dorf ein Geschäft für Kurzwaren. Die beiden Kinder Thomas und Martina wurden nach allen Regeln der Kunst verwöhnt. Das Ehepaar Meisinger konnte es sich leisten, der Laden lief gut. Thomas' musikalisches Talent blieb nicht unerkannt, bereits als Kind lernte er Klavier und Gitarre, komponierte eigene Lieder. Er nahm an einigen Nachwuchswettbewerben teil, bei denen er einen guten Eindruck hinterließ. Der große Erfolg sollte sich aber erst viel später einstellen. Meistens hatte Thomas seine Schwester im Schlepptau. Noch während ihrer Ausbildungszeit zur Bürofachkraft wurde sie auf einem dieser Wettbewerbe von einem Produzenten gefragt, ob sie denn auch singen könne. Martina war sofort Feuer und Flamme, es wurden Probeaufnahmen in einem Studio in Hannover gemacht. Die ersten Singles brachten aber nicht den gewünschten Erfolg, bis ihr Horst Schlüssel die Stimmungsnummer „Nun macht mal alle mit" anbot. Sie war nicht begeistert von dem Lied, nahm es aber trotzdem auf, zumal Schlüssel damals als der erfolgreichste Komponist Deutschlands galt. Er sollte recht behalten. Einige Wochen nach der Veröffentlichung stieg der Song in die Hitparaden ein.

Die Auftrittsanfragen häuften sich, sie schmiss ihre Ausbildungsstelle und agierte ab sofort als Schlagersängerin. Jetzt fehlte nur noch der Künstlername. Mit Martina Meisinger ließ sich kein Start machen, das war ihr klar. Eines Tages blätterte sie gelangweilt in einer Frauenzeitschrift und las eine Überschrift: „Barbra Streisand in Boston gefeiert!" Aufgeregt rief sie Horst Schlüssel an und teilte ihm mit, dass sie sich ab sofort Barbie Boston nennen würde. Der Produzent war ebenfalls begeistert von dem Einfall und so nahm alles seinen Lauf.

Trotz halbwegs funktionierendem Leben auf dem Land vermisste Barbie häufig den Glanz ihrer Vergangenheit. Ein paar Fans, die inzwischen auch in ihrem Alter waren, waren ihr geblieben. Sie himmelten sie nach wie vor an und waren eine verlässliche Erinnerung an bessere Zeiten. Besonders Paul und Felix, ein schwules Paar aus Hamburg, nahmen die Sängerin oft unter ihre Fittiche. Sie galten als gut betucht, besuchten ständig Konzerte, Theateraufführungen oder Fernsehshows in ganz Europa, hatten es sich zu ihrer Aufgabe gemacht, bei irgendwelchen Prominenten Anschluss zu finden, hofften sogar Freundschaften daraus entstehen zu lassen. Das gelang aber nur bedingt. Ein anderes Arzt-Gaypaar aus Ostdeutschland, war da weitaus erfolgreicher. Die posteten ständig im Social-Media-Bereich ihre Schnappschüsse zusammen mit richtigen Prominenten wie Mireille Mathieu, Milva oder Uschi Glas. Selbst Namen wie Bill Clinton oder Fürst Albert von Monaco hatten sie vor ihre Linse bekommen. So weit waren die Hamburger nie vorgedrungen, sie hingen am Rockzipfel von Barbie oder ähnlich in Vergessenheit geratenen Promis.

Leider waren beide keine Meister des Fotografierens. Oft waren es eben seitenverkehrte Selfies, die die beiden mit ihrem jeweiligen Aufriss zeigten. Auch Barbie hatte inzwischen *Instagram* für sich entdeckt und veröffentlichte Bilder von sich allein oder mit Freunden und Kollegen. Das Ergebnis glich jedes Mal einer Katastrophe. Ein *Instagram-User* kommentierte: „Mumien, Monster, Mutationen." Die Sängerin sah häufig aus, als sei sie gerade aufgestanden oder als habe sie am Abend zuvor zu tief ins Glas geschaut. Erst kürzlich präsentierte sie eine Fotografie zusammen mit ihrem Bruder und Felix, die man nur als rufschädigend bezeichnen konnte. Als ein Fan sie darauf hinwies, blieb sie erneut beratungsresistent und wurde unverschämt, indem sie ihn anbrüllte: „Typisch ist für Dich, dass Du immer andere Menschen beurteilst, bei Dir lässt Du es komplett sein, Dir gegenüber bist Du völlig kritiklos! Schade!" Das war diesem Andreas, der ihr immer die Treue gehalten hatte, zu viel und so ächzte er zurück: „Vergiss nicht, wer du bist, eine abgetakelte Schlagertusse, die keiner mehr bucht!" Seitdem hat Barbie einen Fan weniger. Trotzdem ließ sie nicht locker und instrumentalisierte ihren Freund Felix, dass dieser Andreas noch die Meinung sagen sollte. Natürlich war Felix seinem Star ergeben und schrieb an diesen Andreas: „Tja, du mieser Wicht, nicht jeder hört auf deine lächerlichen Aussagen. Lass uns einfach in Ruhe, damit fährst du besser! Du bist einfach sehr uninteressant. Schönes Depri-Leben noch!" Der Ex-Fan konnte sich über die Dummheit nur amüsieren.

Es ist nie einfach etwas aufzugeben, mit dem man Erfolg hatte. Die Zeit lässt sich nicht zurückdrehen. Immer wieder hoffte die Sängerin doch noch einmal wirklichen Anschluss in der Branche zu finden. Kürzlich wurde von einem Veranstalter über eine Tournee nachgedacht, an der bis heute erfolgreiche Künstler aus den 1970 er Jahren teilnehmen sollten. Das Unternehmen nennt sich *Schlager-Fixsterne.* Auch Alex White wurde für dieses Projekt angefragt. Selbstverständlich versuchte er auch seine Schwester dort zu verpflichten, bekam aber eine Absage mit den Worten: „Nein! Die ist eine andere Hausnummer."

Manchmal begegnet man einem Menschen, den man auf Anhieb sympathisch findet, mit dem man sich vieles vorstellen kann. Meistens wird nichts daraus, selten aber eine Freundschaft fürs Leben

Analogie einer Freundschaft

Er stach mir sofort ins Auge als wir uns 1983 erstmals begegneten. Ich arbeitete seit einigen Monaten bei der *Allianz* in der Schadensregulierung und war mit meiner Arbeit und den Kollegen sehr zufrieden. Am ersten August wurden die neuen Auszubildenden eingestellt. Kai war damals neunzehn und hatte gerade sein Abitur bestanden. Eigentlich sollte er in die Fußstapfen seines Vaters treten und Medizin studieren, aber sein Numerus Clausus schien nicht auszureichen, sodass er sich zunächst für eine kaufmännische Ausbildung entschieden hatte. Als er mir von der Personalchefin vorgestellt wurde, hatte ich sofort das Gefühl einen jüngeren Bruder zu bekommen. Er grinste mich an, war überhaupt nicht unsicher in Wort und Geste, was mich bei Personen seines Alters oft nervt. An Kai gefiel mir, dass er einen Schalk im Nacken hatte, ganze Sätze sprechen konnte und natürlich auch sein attraktives Äußeres, zudem hatte er sich eine Spur seiner Kindheit bewahrt. Ich war gern bereit, diesen jungen Mann in den nächsten Wochen in seinem neuen Lebensabschnitt zu begleiten, ihm beruflich alles zu zeigen. Schon nach ein paar Tagen fiel mir auf, dass sein Geist sehr wach war, er hatte eine schnelle Auffassungsgabe und erledigte die ihm übertragenen Aufgaben zu meiner vollsten Zufriedenheit, wurde zu einem guten Assistenten. Als er nach acht Wochen die nächste Station seiner Ausbildung in einer anderen Abteilung fortsetzen sollte, tat mir das ein bisschen leid, ihn schon wieder abgeben zu müssen.

Die Versicherungsagentur hatte damals eine überschaubare Mitarbeiterzahl, sodass man sich trotzdem immer wieder sah. Ab und zu begleitete er mich und ein paar Kollegen zum Mittagessen in der Stadt. Die meisten meiner Kolleginnen waren entzückt von ihm, ganz bestimmt spielten dabei mütterliche Gefühle überhaupt keine Rolle. In diesen Mittagspausen blieb es natürlich nicht aus, dass der Ton vertraulicher wurde und man auch mal Privates preisgab. So erfuhr ich von seiner Leidenschaft für Tennis, einer Sportart, in der ich mich seit Jahren versuchte, leider nicht sehr erfolgreich. Ein paar Wochen später verbrachten wir diese Pause zu zweit in einem Restaurant. Natürlich waren wir immer noch beim förmlichen Sie, obwohl ich ihn innerlich vom ersten Augenblick an duzte. Nicht aus Berechnung aber schon aus einer Laune heraus bot ich ihm das Du an: „Uns trennen doch höchstens vier oder fünf Jahre, ich bin Oliver, Herrn Müller kannst du zukünftig weglassen!" „Ich bin Kai, ehemals Herr Fischer für Sie, äh sorry, für dich!", strahlte er mich an. „Sag mal, du hast doch neulich erzählt, dass du Tennis spielst, ich mache das auch ab und zu, leider zu selten. Wollen wir demnächst mal ein Match versuchen?" „Klar, warum nicht. Ich spiele fast täglich. Wie hast du Zeit?" Ich verspürte eine undefinierbare Nervosität, versuchte aber mir nichts anmerken zu lassen.

Tatsächlich verabredeten wir uns ein paar Tage später auf dem Tennisplatz. Ich versemmelte jedes Spiel, er schlug mich haushoch. Aber das wusste ich von vornherein und es war mir auch egal. Nach dem Match fragte mich Kai, was ich noch vorhätte. „Nichts, warum fragst du?" „Ich habe noch einen Gutschein für ein Essen im *Mövenpick* und keine Lust allein zu speisen!" „Äh, ist das jetzt eine Einladung?" „Ja, ich war da neulich mit meinen Eltern, es war saumäßig. Wir haben uns beschwert und erhielten dann den Gutschein. Vielleicht ist es heute ja genießbar, was einem da angeboten wird!" Mir war seine Antwort ein wenig zu versnobt, trotzdem freute ich mich über den Abend mit ihm. Ich besuchte nicht oft hochpreisige Restaurants und kannte den Laden auch nicht, deshalb war ich überrascht als wir das Lokal betraten. Kai wurde vom Oberkellner namentlich begrüßt und hofiert, was nicht zu seiner Jugend passte. Er goutierte das mit viel Charme und Höflichkeit. Das wiederrum gefiel mir an ihm, es hatte etwas von Souveränität, die aber nicht aufgesetzt wirkte. Damals durfte man in Gaststätten noch rauchen. Ich war erstaunt, als Kai eine mir völlig unbekannte Zigarettenmarke zückte und mir einen Sargnagel anbot. „Oh, du als fast Profi-Tennisspieler rauchst?" „Ab und zu!" „Wie heißt die Sorte, kenne ich gar nicht?" „*Lambert and Butler,* bringt meine Schwester regelmäßig aus London mit." „Ich wusste gar nicht, dass du noch eine Schwester hast." „Sie arbeitet dort am *King's College Hospital.*" Sollte mich das jetzt beeindrucken? Nein, für ihn war das alles Normalität. Ich hatte ja selbst meine Kindheit oft bei meinem Großvater verbracht, der auch Arzt war. Zugegeben, ich rauche auch ganz gern. Beim ersten Zug stellte ich einen ungewöhnlichen aber angenehmen Geschmack fest, was ich ihm sogleich mitteilte. „Das muss wohl an der mit Ozon angereicherten Luft in diesem Lokal liegen.", erklärte er mir. Da ich von Chemie keine Ahnung hatte, glaubte ich das. Heute sind Luftreiniger ja weitverbreitet seit der Pandemie. Dieses Mal fiel das Essen zu unserer vollen Zufriedenheit aus. Wir hatten einen lustigen Abend und erfuhren viel voneinander. Der Grundstein zu einer Freundschaft war gelegt.

Jetzt spielten wir schon über ein Jahr regelmäßig Tennis. Ab und zu gingen wir zusammen in Discos und schlugen uns die Nächte um die Ohren. In Sachen Beziehung liebte Kai die Abwechslung. Immer wieder präsentierte er mir eine neue Freundin. Ich erkannte schnell sein Beuteschema. Alle sahen sich irgendwie ähnlich: groß, blond, gebildet, *Höhere Tochter.* Wir nannten das damals Hamburger Typ. Oft musste ich mir nicht mal den Namen merken, denn beim nächsten Mal hatte er schon wieder eine neue Favorite-Lady.

Uns verbindet bis heute eine Liebe zu Hamburg. Damals fuhren wir oft für ein Wochenende dort hin. Kai hatte dort einen Schulfreund, bei dem wir übernachteten. Als ich diesen Emil das erste Mal traf, fühlte ich mich wie auf einem anderen Stern. Der Typ stellte alles in Frage, vor allem sich selbst, lebte in einer Wohnung an der Außenalster, war Sohn eines bekannten Rechtsanwaltes und schlug sich mit unterschiedlichen Jobs in der Hansestadt durchs Leben. Wenn er gerade mal wieder keine Arbeit hatte, griff Papa ihm natürlich finanziell unter die Arme. Sein Apartment war Chaos pur. Überall standen volle Aschenbecher, leere Weinflaschen und alles, was er benutzte, wie Geschirr oder Klamotten ließ er irgendwo fallen oder stehen. Die Krönung war eine Riesenpfanne, die auf dem Gasherd seit Wochen verweilte und täglich mit neuem Gemüse oder Hackfleisch aufgefüllt und gebraten wurde. Abgewaschen wurde das Ding nie, aber es schmeckte herrlich. Wie bei uns daheim verbrachten wir die Nächte oft in Clubs. Mit Emil rauchte ich auch meinen ersten Joint. Zwar hatte ich so etwas immer abgelehnt, aber im Beisein von ihm hatte ich den Eindruck, dass mir nichts passieren konnte. Ob Kai auch mal zog, wusste ich nicht. Aber ich denke, dass er das nicht gemacht hat.

Inzwischen hatte ich auch die Familie meines Freundes kennengelernt. Anfänglich waren die Begegnungen mit seinen Eltern eher distanziert und höflich. Der Bungalow von den Fischers lag nicht weit von meiner Wohnung entfernt. Ich verbrachte bald viele Abende dort auf der Terrasse, manchmal auch nur mit seinem Vater und seiner Mutter. Sie waren recht trinkfest, wie ich schnell feststellen musste („In jeden guten Kühlschrank gehören immer zwei Flaschen Champagner"). Mit Marianne Fischer duzte ich mich dann recht schnell. Eines Abends, wir hatten schon einiges gebechert, fragte sie fast vorwurfsvoll: „Warum sprichst du meinen Mann immer noch mit Dr. Fischer an?" „Ich weiß es nicht!" Dann prostete mir Kais Papa zu: „Ich heiße Walter! Welcher Jahrgang bist du?" „1958." Dann verließ er das Geschehen und kam kurz darauf mit einer Flasche Eiswein aus meinem Geburtsjahr zurück. Der Tropfen schmeckte entsetzlich süß, aber das war egal. Die Geste war sehr entgegenkommend, das zählte.

Als Kai nach zwei Jahren Ausbildung die Agentur verließ und zum Medizinstudium nach Marburg ging, saß ich mit Marianne zusammen und wir trauerten ihm hinterher. Von nun an konnten wir uns nur noch gelegentlich an den Wochenenden sehen. Zudem hatte Kai Feuer gefangen an Isabell, die in seiner Heimatstadt Jura studierte. Ich mochte sie vom ersten Augenblick an. Zwar entsprach sie wieder Kais altem Beuteraster, aber dieses Mal war etwas anders. Sie war lebenslustig, bildhübsch und hatte Herz, jedenfalls empfand ich das so. Dass sie ihr Jurastudium nur auf Wunsch ihrer Eltern absolvierte war schnell klar. Die Uni besuchte sie, wie es ihr passte, ging mal wieder eine Semesterklausur daneben, wurde eben ein weiteres halbes Jahr „getrocknet". In ihrem großen Herzen hatte sie für relativ viele Platz, das bekam ich nach und nach mit. Kai war ja weit weg, trotzdem fiel es ihm auf, dass sie abends oft telefonisch nicht erreichbar war. Zu dieser Zeit gab es noch keine Handys und somit hatte sie freie Bahn für ihre Aktivitäten. Nach endlosen Krächen und viel aufgestautem Misstrauen trennten sich die beiden. Kai bekam einen Nervenzusammenbruch und musste in die Klinik. Ich habe damals viel Angst gehabt um ihn und bin seitdem vorsichtig im Umgang mit zu freundlichen Menschen.

Unsere Freundschaft riss nicht ab, ganz im Gegenteil. Diese Geschichte mit Isabell verstärkte unsere Verbindung noch. Statt uns häufiger zu sehen, schrieben wir uns lange Briefe, in denen wir uns mit einer Tiefe austauschten. Ich habe diese bis heute. Telefongespräche waren eher selten. Mit Kai kann man sich besser im direkten Gespräch austauschen. Im Sommer 1989 irritierte mich etwas an ihm. Sein Studium stand kurz vor dem Abschluss. Wir kamen gerade aus einem Club und hatten morgens gegen drei noch keine Lust nach Hause zu gehen. Ich schlug vor noch eine Zigarette auf einer Parkbank zu rauchen und zu reden, auch um den Trubel aus der Disco herunterzufahren. Wir saßen einige Minuten schweigend nebeneinander. „Ist etwas nicht in Ordnung?", unterbrach ich die Stille. Kai antwortete nicht, er schien etwas weggetreten zu sein. Gefühlt verging eine Stunde, es waren aber doch nur Sekunden als er leise sagte: „Diese Frauen ...!" „Was meinst du?" „Ach, ich habe in Marburg Maja kennengelernt. Sie studiert auch Medizin, ist aber erst im zweiten Semester. Es scheint mir, als gäbe es Parallelen zu Isabell. Ja, ich habe mich verliebt, aber sie liebt mich zu ihren Bedingungen, will das alles nicht so eng und Freiheiten behalten!" „Hm, dann versuch dich damit zu arrangieren, sieh es locker!" Als ich ihn ansah, lief eine Träne über seine Wange. Ich hätte ihn in diesem Moment gerne getröstet, wusste aber nicht wie. Also sagte ich gar nichts. Wieder saßen wir wortlos nebeneinander. Plötzlich atmete er kurz durch, legte seine Hand auf meine Schulter und meinte: „Zu schade, dass du keine Frau bist!" Ich fühlte mich geschmeichelt war aber verunsichert. „Hat er die Seiten gewechselt?", fuhr es mir durch den Kopf, konnte mir das aber beim besten Willen nicht vorstellen. Die Situation konnte in diesem Moment nicht aufgelöst werden. Kai war doch eine Art kleiner Bruder für mich, genauso mag ich ihn auch. Dass ich, unabhängig von ihm, damals über mich nicht Bescheid wusste und es auch gar nicht wollte wurde mir erst viel später klar.

Nachdem er sein Studium beendet hatte und noch eine zweijährige Promotionsarbeit absolvierte, ließ er sich in den Räumlichkeiten seines Vaters als praktischer Arzt nieder. Fortan firmierten sie als Praxisgemeinschaft. Irgendwann lernte er Juliane kennen, wieder ein Hamburger Typ! Sie verstand es mit einer Leichtigkeit Menschen für sich zu gewinnen. Ich mochte sie sehr. Auch Kais Eltern waren von ihr angetan. Schon nach kürzester Zeit sprach Marianne nur noch von „unserer Juliane". Es dauerte nicht lange, dass sie bei Kai einzog. Das Zusammenleben der beiden schien perfekt. Lediglich Kais Mutter war etwas misstrauisch geworden, es hatte in jüngster Vergangenheit immer mal wieder Streitereien um Kleinigkeiten zwischen den beiden Frauen gegeben. Dann wurde sie schwanger, wenige Tage vor der Niederkunft heirateten die beiden. Marianne Fischer nahm an der Trauung nicht teil. Sie hatte sich gerade wieder über ihre Schwiegertochter in spe geärgert. Als ich Walter nach Marianne fragte antwortete er nur knapp: „Die liegt zu Hause im Bett und hat schlechte Laune." Da es der Hochschwangeren an diesem Tag nicht sonderlich gut ging wurde auf eine Feier verzichtet. Eine Woche später kam Daniel zur Welt. Juliane, die vorher als Apothekenhelferin gearbeitet hatte, ging jetzt voll in ihrer Mutterrolle auf und machte auch keinerlei Anstalten ihren Job nach einem Jahr wiederaufzunehmen. Kai störte das nicht, er fand die neue Aufgabe als Familienvater und Ehemann passend. Zwischen seiner Mutter und seiner Frau kam es immer häufiger zu Reibereien. Marianne wollte mehr in den Part der Großmutter eingebunden werden, was Juliane nur widerwillig zuließ. Kai, der immer als harmoniebedürftig galt, hatte auch nicht die Stärke seiner Mutter die Stirn zu bieten. Mir geht es ähnlich, ich bin konfliktscheu, vielleicht ist es das, was unsere Freundschaft ausmacht.

Die Taufe von Daniel wurde mit allem Pomp gefeiert. Kai bat mich die Patenschaft zu übernehmen, was ich sehr gern tat. Da ich selbst keine Kinder habe, dachte ich immer, dass das die perfekte Funktion für mich ist. Aber Patenkinder sind eben keine eigenen. Sie haben sich ihre Paten ja auch nicht ausgesucht. Als Daniel größer wurde machte ich immer wieder Angebote etwas mit ihm zu unternehmen, stieß aber meist auf Granit. Ich hätte mich gefreut irgendwie durch ihn die Freundschaft zu seinem Vater zu vertiefen.

Drei Jahre später kam Alexandra zur Welt. Vordergründig präsentierten sie eine Vorzeigefamilie oder spielten Vorabendserie. Die Porzellanschale der Ehe hatte aber Risse bekommen. Juliane fühlte sich oft vernachlässigt von ihrem Mann. Wenn Kai abends nach Hause kam, packte sie ihre Sportklamotten und ging ins Fitnessstudio. Es gab eine ziemlich peinliche Situation, der ich beiwohnte. Obwohl ich bei beiden zum Essen eingeladen war, gab es nichts. Kurz nach meiner Ankunft stand sie auf und meinte, noch zum Sport zu müssen. Kai und ich sahen uns an als sie die Wohnung verließ. „Jetzt geht sie ins Studio und kommt morgen früh gegen vier Uhr wieder und ihre

Kleidung ist unbenutzt!" Ich verstand nicht, was er mir sagen wollte und sah ihn verwundert an. „Sie geht fremd, hat einen Liebhaber!", schrie er mich an. Ich konnte das nicht glauben, aber dann berichtete mir Kai von seinen Recherchen, nannte sogar einen konkreten Namen. Mir kamen die Tränen. „Warum heulst du jetzt?", fuhr mich Kai an. Ich war nicht in der Lage noch etwas zu sagen. Wir gingen auf den Balkon und rauchten schweigend eine Zigarette. Dann erzählte er mir alle Einzelheiten der Eskapaden seiner Frau. „Und warum lässt du dir das gefallen?" „Was soll ich denn tun?" „Entscheidungen treffen und handeln, meine Unterstützung hast du!" Wir sprachen den ganzen Abend über nichts anderes. Inzwischen war es Mitternacht, von Juliane war aber weit und breit nichts zu sehen. Mir schwante Übles. Es dauerte dann immer noch ein Jahr, bis sich Kai durchringen konnte, sich scheiden zu lassen. Daniel und Alexandra lebten zukünftig bei ihrer Mutter. Kai hatte aber die Möglichkeit seine Kinder jederzeit zu sehen. Er ging sogar so weit, dass beide ihre Zimmer in der bisherigen Wohnung behielten. Trotz bester Absichten, hatte vor allem Kais Tochter Schwierigkeiten mit der Trennung.

Jetzt war mein Freund wieder Single. Wir verbrachten regelmäßige Abende zusammen, um zu kochen oder mal ins Theater zu gehen. Die Leichtigkeit der ersten Jahre unserer Verbindung war aber verschwunden. Kai gehört jetzt zu den VIPs unserer Stadt. Auch ich hatte inzwischen eine berufliche Position in der Agentur erreicht, die viel abverlangte. Regelmäßige Kundenveranstaltungen forderten Tribut, ein Spagat zwischen Privat- und Berufsleben. Mal mit meinen Klienten zum Pferderennen oder Tennisturnieren zu gehen oder auch einfach nur zum Essen. Viel Lust hatte ich allein dazu nicht. Hin und wieder fragte ich Kai, ob er mich begleiten würde und war jedes Mal froh, wenn er zusagte. Da wir quasi regelmäßig als ‚Paar' auftraten gab es Gerüchte, über die wir uns amüsierten. Auf einer dieser Veranstaltungen lernte ich die Journalistin Ulrike kennen. Wir gingen höflich aber auch sehr offen miteinander um. Lust zu diesem Geschäftsevent hatte ich nicht, musste aber hingehen. Ulrike und ich redeten mehrere Stunden miteinander, ließen kaum ein Thema aus. Als ich die Party verließ hatte ich nur noch einen Gedanken im Kopf: „Endlich eine richtige Frau für Kai und nicht immer wieder diese Püppis!" Beschwingt vom Abend und leicht angetrunken rief ich Marianne an um ihr mitzuteilen, dass ich die richtige Frau für ihren Sohn gefunden hätte. Sie hörte begeistert meinen Ausführungen zu. Bis zu dem Zeitpunkt als sich die Frage stellte, wie wir das nun einfädeln könnten. „Er kann doch nicht einfach eine wildfremde Frau anrufen!" „Na ja, ich bin mit dieser Ulrike ja auch noch per Sie, denke aber, dass ich sie wiedertreffe, sie ist ja schließlich meine Kundin!" In der Stimme von Kais Mutter machte sich etwas Argwohn breit: „Überstürz bitte nichts, wir werden eine Möglichkeit finden." Dann war das Gespräch beendet. Jetzt war mein Freund dran. Auch er musste meinen Redeschwall über sich ergehen lassen. Ich ließ ihn kaum zu Wort kommen. „Wie soll ich ihr denn begegnen, ich kenne sie doch gar nicht!" „Das lass mal meine Sache sein, die nächste Versicherungsveranstaltung ist eure!" Dann war das Telefonat vorbei.

Ein paar Wochen später begegneten Kai und Ulrike sich auf einem Altstadtfest. Seitdem habe ich aufgehört an Zufälle zu glauben. Es gibt nur noch Bestimmungen! Heute sind die beiden verheiratet und gehören zu meinen liebsten Freunden.

Es gibt sie, die sogenannten „höheren Töchter", sie ha-
ben in ihrer Jugend rebellische Phasen, verfallen dann
aber später doch wieder in das Raster, das ihnen durch
die Eltern vorgelebt wurde

Ulla hat alles richtig gemacht

Schon als Kind war Ursula – oder Ulla, wie sie genannt
wurde - Deininger auf Rosen gebettet. Sie lebte mit ihren Eltern und zwei Schwestern im vornehmen München-Bogenhausen. Ihr Vater war Leiter der Psychiat-
rie der *Klinik Bogenhausen*, die Vermögensverhältnisse
waren mehr als auskömmlich. Über das Anwesen der
Deiningers in der Poschingerstraße ließen sie gern den
Satz fallen, dass das Haus einst dem Schriftsteller
Thomas Mann gehört habe, erwiesen wurde das aber
nie. Besonders Ullas Mutter dementierte das aber
auch nicht. Alle drei Kinder waren natürlich streng erzogen worden, das Abitur mit Auszeichnung war
Pflicht für Ulla, Brigitte und Susanne. Frau Deininger
lebte nur für das Wohlergehen ihres Mannes und sah
ihre Aufgabe darin, dass ihre Töchter auf einen sehr
guten Weg gebracht werden mussten. Darüber hinaus,
aber mindestens gleichrangig, war das Sichern der gesellschaftlichen Stellung in München. Sie engagierte
sich für caritative Zwecke bei den *Rotariern* und erntete dafür viel Bewunderung aber auch Häme. Oft
wurde sie von anderen gefragt, wie sie das alles schaffen würde: das Haus, die Erziehung der Kinder und
dann noch das soziale Engagement. Elisabeth Deininger tat das immer mit einer Handbewegung ab und

meinte: „Ach, das ist alles eine Frage der Organisation." Das Tuscheln der sogenannten Freundinnen über sie, wurde ignoriert.

Nun hatte Ulla also das Abitur mit Auszeichnung bestanden. Natürlich war es als Erstgeborene der Familie ihre Verpflichtung in die Fußstapfen ihres Vaters zu treten und Medizin zu studieren. Ihr behagte das nicht, trotzig widersetzte sie sich ständig dem Wunsch ihrer Eltern. Frau Deininger lernte eine ganz neue Seite an ihrer Tochter kennen. Endlos diskutierten die Eltern mit ihr über die Vorzüge des Medizinstudiums in Göttingen. Ulla blieb hart und schrieb sich im Herbst 1984 an der Uni Göttingen für ein Studium in Philosophie und Ethik ein. „Damit kannst du hinterher Käse bei Karstadt verkaufen, aber bitte, wir stehen dir nicht im Weg. Mach das wie du denkst!", ermahnte sie ihre Mutter als sie sie zum Studienbeginn nach Göttingen brachte. Tatsächlich gefiel ihr das neue Leben in der Universitätsstadt. Trotzdem hatte sie sich an den Wochenenden in München einzufinden. So ganz konnte sie die ihr anerzogene Emsigkeit aber nicht ablegen. Im Gegensatz zu ihren Kommilitonen besuchte sie alle Vorlesungen und büffelte Tag und Nacht. Nach und nach wurde das weniger, trotzdem blieb sie beharrlich. Leider hatte zu wenig Bewegung, kaum frische Luft und spärliche Sozialkontakte einen unangenehmen Nebeneffekt. Ulla aß Unmengen an Süßigkeiten und ging in die Breite. Zucker brauchte sie als Nervennahrung für das Pensum, welches sie sich vorgenommen hatte. Wenn die Studentin ihre Familie in München besuchte, betrachtete sie ihre Mutter mit Argusaugen und machte ihr Vorwürfe, doch mehr auf sich zu achten, schließlich sollte sie ja irgendwann einen passenden Mann finden. Manchmal stichelte Mutter so viel, dass sie schon Sonntagmorgen zurück nach Göttingen reiste. Die Akribie, mit der sie ihr Studium absolvierte, machte sie nicht sonderlich beliebt bei den anderen. Oft sprachen die Kommilitonen nicht von Ulla, sondern von Trulla. Aber auch hier hielt ihr das Leben wieder den Spiegel vor. Ähnlich wie ihre Mutter damals mit den *Rotarier-Damen,* überhörte sie so etwas geflissentlich.

Die meisten ihrer Mitstreiterinnen hatten einen Freund oder zumindest hin und wieder eine Affäre. Bei Ulla tat sich nichts. Männer ihres Alters interessierten sie wenig. Sie hatte den Hang zu älteren Männern. Die Avancen, die sie ihrem Professor in Ethik machte, fielen auf keinen fruchtbaren Boden. Der Mittvierziger nahm sie als Frau nicht zur Kenntnis, lobte aber ihren Fleiß und ihre Intelligenz. Immer wieder stand Ulla vor dem Spiegel und war unglücklich über das, was sie sah. Ihre Konfektionsgröße hatte sich, dank Süßigkeiten, auf zweiundvierzig erweitert. Einmal vernahm sie aus dem Nachbarzimmer des Studentenwohnheims ein Gespräch zwischen zwei Frauen. „Na, Trulla hat ihre hinreißende Figur ja auch verdoppelt!", kicherte die eine. Die andere setzte noch eins drauf und meinte: „Was die auch alles frisst, die kriegt nie einen ab!" Die Lauscherin brach in Tränen aus fing sich aber schnell wieder und beschloss zukünftig auf die Nervennahrung zu verzichten. Und tatsächlich purzelten die Pfunde. Es muss hier erwähnt werden, dass dieses Figurproblem bis heute immer wieder auftritt, wenn Ulla in Stress gerät.

Einige Jahre später schloss sie ihr Studium tatsächlich mit Summa cum Laude ab. Die Eltern waren stolz auf ihre Tochter, wenn auch Professor Doktor Deininger in einem Vieraugengespräch mit seinem Sprössling nachdenklich wurde: „Du hast alles mit Bravour bestanden, aber was willst du jetzt damit anfangen?" „Ich habe schon verschiedene Verlage und soziale Einrichtungen angeschrieben, mal sehen, was sich tut!" „Ich vermute nicht viel. Philosoph ist eine aussterbende Spezies, beruflich schwer einsatzbar. Vielleicht überlegst du noch ein Aufbaustudium zu machen in eine Fachrichtung, die dich interessiert." „Papa, hör auf. Ich werde nicht noch Medizin studieren, um dir einen Gefallen zu tun!", fuhr sie ihr Gegenüber an. „Okay, versuch dein Glück. Wir werden dich noch eine Zeitlang unterstützen, aber unternimm alles, damit du selbstständig wirst!"

Tatsächlich gelang es Ulla einen Job als Sprecherin des *Göttinger Umweltlabors* zu ergattern. Es war nicht gerade das, was sie sich ausgemalt hatte, aber sie verdiente nun ihr eigenes Geld. Abermals muss erwähnt werden, dass es sich eigentlich um eine Arbeitsbeschaffungsmaßnahme handelte, die Ulla jetzt ausübte. Diese war auf ein Jahr befristet und lediglich mit fünfzig Prozent dotiert. Ihr war das aber egal, da sie glücklich war mit dem, was sie tat. Im kommenden Jahr lief der Vertrag aus und wurde nicht verlängert. Jetzt war guter Rat teuer. Sie zog zurück zu den Eltern und schrieb hunderte von Bewerbungen, die meisten ohne Resonanz. Nach Wochen meldete sich das Pressebüro von *Bündnis90/Die Grünen* und bot ihr einen Job in der Öffentlichkeitsarbeit an. Die studierte Philosophin war überglücklich und reiste nach Berlin. Im Vorstellungsgespräch wurde man sich einig, dass Ulla ab sofort als Lektorin für Prospekttexte anfangen sollte. „Endlich eine Vollzeitstelle und das Gehalt ist auch nicht schlecht!", jubelte sie als sie mit ihrer Mutter telefonierte. Diese goutierte das lediglich mit. „Na dann – viel Glück!" Jetzt war sie also Lektorin, fand eine Wohnung in Steglitz und fand das Leben herrlich.

Im Herbst 1991 lernte sie über eine Kollegin Thomas kennen. Er war Chirurg an der *Charité*. Schon bei der ersten Begegnung war Ulla schockverliebt. Der Arzt war zurückhaltender mit seiner Euphorie. Oft vernahm sie von ihm ein „Vielleicht morgen" oder „Ich kann heute nicht", wenn sie um ein Date mit ihm bat. Irgendwann war sie aber am Zug, hatte ihn wohl weichgeklopft. Als sie Thomas ihren Eltern vorstellte hielt sich die Begeisterung ihrer Mutter in Grenzen: „Ach Sie sind Assistenzarzt, da haben Sie ja noch einen langen Weg vor sich!" „Den werde ich auch gehen!", konterte der Mediziner. Die Hochzeit wurde mit großem Pomp in München 1994 gefeiert. Thomas hatte sehr konkrete Vorstellungen von der gemeinsamen Zukunft, er wollte so schnell wie möglich eine Familie mit Kindern gründen. Ulla schwebte auf einer rosa Wolke. Tatsächlich war sie ein Jahr nach der Hochzeit schwanger. Im Januar 1996 wurde Oskar geboren. Alles lief wie geplant. Der Job ruhte natürlich. Sie nahm sich eine dreijährige Elternzeit und wurde in diesem Zeitraum erneut schwanger. Zwei Jahre nach Oskar kam Johanna auf die Welt. Wieder nahm sie die berufliche Auszeit in Anspruch. Ihr Arbeitgeber sah das mit gemischten Gefühlen und bat um ein klärendes Gespräch. Dabei wurde ihr nahe gelegt zu kündigen oder sich kündigen zu lassen. Als sie am Abend mit ihrem Mann darüber sprach, zeigte dieser eine ganz andere Reaktion, als sie erwartet hatte. „Dann machst du das. Nimmst ein Jahr Arbeitslosengeld in Anspruch, kümmerst dich um die Kinder. In ein paar Jahren, wenn die Kleinen aus dem Gröbsten raus sind, schauen wir weiter." „Und lebe das Leben meiner Mutter!", fuhr Ulla Thomas barsch an. „Du kannst doch noch einmal durchstarten, wenn die Kinder aufs Gymnasium gehen, es wird sich etwas finden für dich!" Die Diskussion wurde immer hitziger. Aber Ulla war auch bewusst, dass ihr Mann recht hatte. Am nächsten Morgen hatten sich die Wogen geglättet. Beherzt rief sie ihren Chef an und bat um ihre Kündigung.

In den darauffolgenden Jahren arrangierte sich Ulla in ihrer Rolle als Ehefrau und Mutter. Thomas war inzwischen Chefarzt geworden. Sie hatten ein Haus in Dahlem gekauft und spielten „Vorabendserie". Zu den familiären Verpflichtungen kamen immer häufiger die gesellschaftlichen hinzu, was Ulla insgeheim genoss. Als Johanna aufs Gymnasium kam, spürte die Ex-Lektorin eine Leere in ihrem Leben. Oft kam es zum Streit mit ihrem Mann. Sie war es leid häufig allein zu sein. Die Kinder brauchten nicht mehr die Aufmerksamkeit, die ihnen bisher zuteilwurde. Wenn sie trotzdem von der Betreuung nicht ablassen wollte, wurden die beiden trotzig. Sie wollten mit zehn und zwölf Jahren nicht mehr am Rockzipfel ihrer Mutter hängen, die sie bei den Hausaufgaben belehrte, sie zum Fußball oder Klavierunterricht fahren wollte. Unmissverständlich machte sie Thomas klar, dass sie sich einen Job suchen werde. Da ihre berufliche Karriere nun schon einige Jahre zurücklag gestaltete sich das schwierig. Frustriert durchforstete sie die Stellenausschreibungen in der *BZ* als sie plötzlich aufschrie: „Genau das ist es!" „Was?", fragte Thomas gelangweilt. „Die *Erich-Kästner-Grundschule* sucht eine Lehrkraft für Deutsch und Religion, auch als Quereinsteiger!", lachte sie ihn an. „Davon hast du doch überhaupt keine Ahnung, wie soll das gehen?" „Versuchen kann ich es!" „Schatz, bitte denk nach. Du hast keine pädagogische Ausbildung!" „Ich habe Ethik studiert und Deutsch kann ja wohl jeder!", brüllte sie ihn an. „Wenn du meinst, versuch es!" Dann erhob er sich vom Frühstückstisch, küsste seine Frau auf die Stirn und ging zur Arbeit.

Ulla war jetzt nicht mehr zu halten, setzte sich an den Computer und arbeitete ihr Bewerbungsprofil dahingehend, dass es dem Lehrerberuf entsprach. „So, jetzt noch ein kurzes Anschreiben und dann fahre ich direkt zu der Schule und gebe alles ab!" Gesagt – getan. Eine Stunde später betrat sie die Lehranstalt und fragte den Hausmeister wo sie Frau Steffens, die Rektorin, sprechen könne. Dieser war verwundert, zeigte ihr aber den Weg zum Büro der Leiterin. Vorsichtig klopfte sie an und vernahm ein lautes „Herein!" „Guten Tag Frau Steffens, mein Name ist Ursula Schultze, ich habe Ihre Stellenausschreibung für Deutsch und Religion gelesen und dachte mir, dass ich meine Unterlagen gleich bei Ihnen vorbeibringe." „Na das nenne ich mal initiativ, guten Tag Frau Schultze, nehmen Sie doch Platz!" Ulla gab der Dame ihre Unterlagen und diese fing an darin zu blättern. Nach ein paar Minuten sah sie auf: „Sie sind nicht vom Fach, also Quereinsteigerin!" „Ja, das war in der Ausschreibung ja zu lesen. Ethik und Religion sind doch verwandt und was das Fach Deutsch angeht, sehen Sie ja, dass ich als Lektorin gearbeitet habe!" Frau Steffens runzelte die Stirn: „Pädagogisch haben Sie also nichts drauf?" „Ich habe zwei Kinder erzogen und denke, dass das ausreichen wird." „Die traut sich was!", ging es der Rektorin durch den Kopf. Sie blieb aber freundlich, denn ihr Gegenüber gefiel ihr auf eine besondere Weise. Die Unterhaltung dauerte über eine Stunde. Man verabschiedete sich und Frau Steffens versprach, dass sie sich so bald als möglich melden würde.

Am Abend erzählte sie Thomas von ihrer Initiative. „Na gut, warten wir mal ab, wie sich diese Dame entscheidet." Und tatsächlich, nach zehn Tagen meldete sich die Schulleiterin. Ursula war fassungslos, als sie hörte, dass sie demnächst als Lehrerin arbeiten würde. Die Gesprächspartnerinnen vereinbarten einen weiteren Termin, bei dem die Formalitäten besprochen werden sollten. Auch Thomas war jetzt angefixt als er von den Neuigkeiten hörte: „Ach Schatz, dann wünsche ich dir viel Glück, dass das das Richtige für dich ist!" Ulla freute sich sichtlich über die Reaktion ihres Mannes.

Ein paar Tage später saßen sich die beiden Frauen wieder gegenüber. „Eine Verbeamtung ist aber zum jetzigen Zeitpunkt nicht möglich, das muss ich klar und deutlich sagen. Aber wenn Sie sich engagieren können wir nach einem Jahr einen Unterrichtsbesuch vereinbaren, Sie bekommen eine Beurteilung und ich gebe die Anfrage weiter ans Kultusministerium. Bis dahin sind Sie angestellt und werden nach einem *TVL-Vertrag* bezahlt.", erklärte Frau Steffens. Ulla schwirrte der Kopf bei so viel Input, aber sie machte sich Notizen, die sie daheim vertiefen wollte.

Mitten im Schuljahr stieg sie nun in ihren neuen Beruf ein. Zunächst sollte sie die Klassen eins bis vier ausschließlich in Religion unterrichten, später kam dann erst Deutsch dazu. Die Arbeit gefiel ihr, Religion war kein korrekturintensives Fach, so dass genügend Zeit für die Familie blieb. Außerdem war sie ja nach wie vor Parteimitglied der *Grünen*, galt aber als Karteileiche und hatte keine Ambitionen mehr sich da zu engagieren.

Innerhalb des ersten Jahres entwickelte sich alles bestens. In Ullas Leben kehrte eine Regelmäßigkeit ein, die ihr gefiel. Besonders ihren Kindern fiel auf, dass sie nicht mehr so eine Übermutter war, die sich um alles kümmern wollte. Tatsächlich stand nach einem Jahr der Unterrichtsbesuch an, der eventuell zur Verbeamtung führen konnte. Ulla siegte auf der ganzen Linie. Sie war bei Schülern und Kollegen beliebt, vergaß aber ab und zu eine gewisse Distanz den Kindern gegenüber, konnte die Rolle der Mutter und Lehrerin schwer trennen. Gerade bei den Erstklässlern kostete sie das viel Kraft. Andererseits war das auch ihre Stärke, die sie zu einem vollwertigen Mitglied dieser Gemeinschaft werden ließ.

Nach zwei weiteren Jahren hatte sich alles gut eingespielt. Inzwischen hatte Ulla auch wieder Zeit sich ihrer Partei zu widmen. Sie nahm jetzt häufiger an Sitzungen teil, gerade wenn es um Bildung und Jugendarbeit ging. In der *Erich-Kästner-Schule* stand auch eine Veränderung an. Der Stellvertreter von Frau Steffens sollte pensioniert werden. Die Rektorin favorisierte Ulla als seine Nachfolgerin und genau das wurde sie dann auch, was zur Folge hatte, dass sich Thomas und Ulla kaum noch sahen. „Wir müssen etwas ändern!", sagte ihr Mann als sie sich beim Abendessen, geschafft vom Tag, gegenübersaßen. „Du sagst es, es wird langsam etwas viel und unübersichtlich. Frau Steffens reicht aus ihrer Funktion vieles an mich weiter und ich kann schlecht Nein sagen. Dazu kommt, dass mich die *Grünen* gefragt haben, ob ich im Frühjahr für den Senat kandidiere!" Thomas blieb der Bissen im Hals stecken und er verschluckte sich. Als er wieder zu sich kam schrie er: „Du willst was? Nein, das bitte nicht auch noch! Dann musst du dich entscheiden!" „Entscheiden zwischen was?" „Politik oder Schule!" „Uff, jetzt fällt mir ein Stein vom Herzen, ich dachte schon zwischen dir und meinen Jobs!" Der Mediziner war jetzt ganz ruhig: „Überleg doch mal, sei strategisch. Du bist Beamtin, kannst deinen Job ruhen lassen, gehst in den Senat und bist nach dem Überstehen der ersten Legislaturperiode sogar pensionsberechtigt!" „Gar nicht so blöd, was du sagst, darüber denke ich nach!"

Tatsächlich wurde Ursula Schultze Fraktionssprecherin der *Grünen* für den Bereich Bildung in Berlin. Seitdem hat sie sich nicht nur Freunde gemacht. Auch im persönlichen Bekanntenkreis wird eine gewisse Abgehobenheit an ihr festgestellt. Zu allem gibt sie gern, am liebsten vor der Kamera des *RBB,* Kommentare dabei wirkt sie immer, als drohe sie mit dem Zeigefinger. Kürzlich sagte ein ehemaliger Kommilitone, der nie einen richtigen Job bekommen konnte, zu ihr, dass es eine Unverfrorenheit wäre, alles anzufangen, Menschen Chancen und Möglichkeiten zu nehmen, da sie schon wieder auf dem Weg zu neuen Zielen sei. Ihre Stellvertreterstelle in der Schule ist weiterhin unbesetzt, falls sie nicht wieder in den Senat gewählt werden sollte, hat Ulla den Job auf jeden Fall sicher.

Ulla findet das alles völlig normal.

Diese Geschichte unterscheidet sich wesentlich von allen anderen. Sie ist hundertprozentig wahr und genauso passiert. Ich habe in den letzten Lebensjahren Konzerte für Joy Fleming organisiert, war aber nicht ihr Manager! Diese Frau war eine große Künstlerin und sie wurde zur Freundin und Ratgeberin für mich. Ich vermisse sie bis heute

Als habe die Joy sich verabschieden wollen

Ich hatte einen anstrengenden Arbeitstag hinter mir als an diesem 27. September 2017 gegen achtzehn Uhr das Telefon klingelte. Die Nummer, die das Display anzeigte, war mir bestens bekannt. Leicht genervt verdrehte ich die Augen griff aber doch zum Hörer. „Hallo, hier ist die Joy, warum hast du dich so lange nicht gerührt!", meldete sich die mir so vertraute Stimme meiner Klientin. „Ach, liebe Erna, es ist doch alles in trockenen Tüchern wegen der für dieses Jahr noch anstehenden Konzerte!" „Deshalb kannst du mich doch trotzdem mal anrufen!" Irgendwie freute ich mich auch über diese Reaktion, auch wenn ich es nicht zugab, fühlte ich mich immer ein wenig gebauchpinselt, wenn Joy Fleming anrief. In den letzten Jahren hatte sich eine sehr gute Zusammenarbeit zwischen uns entwickelt. Regelmäßig vermittelte ich ihr Konzerte, die stets gut besucht bis ausverkauft waren.

„Ich habe so viel gearbeitet in den letzten Tagen.", stöhnte ich in den Hörer. Es dauerte nicht lange, bis wir in Joys pfälzischen Dialekt fielen. „Was moacht dei Mudda?" „Du, das Übliche, bewegt sich zu wenig, kann

schlecht laufen, aber sie ist ja auch dreiundachtzig."
„Isch fond die beim Konzert in Braunschweig oba recht
fit.", entgegnete die Sängerin. Tatsächlich hatte sich
zwischen den beiden Frauen in den letzten vier Wochen so eine Art Telefonfreundschaft entwickelt. Ohne
dass ich davon wusste, sprachen die beiden regelmäßig miteinander. „Gibt es denn Neuigkeiten?" „Des
konnscht sage! Des ZDF hat mich nächste Samstag zu
da Nebel eigelade, mir fahre morge noch Hannover,
kanscht ja hinkomme!", entgegnete Joy nicht ohne
Stolz. „Super, eine gute Werbung für dein Konzert in
Winsen! Und sonst?" „Der Bruno is heit in Fran-
kreisch, kimmt aba gege acht zurück, isch hob schon
a Supp gekocht. Das Gespräch zog sich in die Länge.
Joy fand wieder mal kein Ende. Immer wieder musste
ich mir ein Lachen verkneifen. Die Sängerin erzählte
auch von ihrem Ex-Mann, der mit seiner neuen Freundin noch einmal Vater geworden war. Sie echauffierte
sich darüber: „Muss der oide Bock, der mit zweiufunf-
zig Johr noch a Kind neipumpe!" Ich glaubte mich verhört zu haben und lachte so laut, dass ich mich verschluckte. Dann lästerte sie über eine Kollegin, mit der
sie im Dezember in einer Weihnachtsshow auftreten
sollte: „Host du die italienische Gurk schon mol Weih-
nachtslieder singe höre? Do rolle sich dir die Fußnägel
hoch!" Plötzlich klingelte ihr Handy. „Wart kurz, isch
geh mol dran!" Klar und deutlich vernahm ich, wo-
rüber meine Gesprächspartnerin nun redete. Es war
eigentlich ein Monolog. „Fleming, wen wolle Se spreche?" – Pause – „Reiner Liebenow, des is mei Sohn, was
wolle Se von dem? – Pause – „Ach rufe Se von Horn-
bach aus on? Is des wege de Rasesprenger?" – Pause –
„Jo, hob isch den Schein net mehr zum Abhole, aber

37

wenn ma des auch so kriegt, dann mache Se sich a Notiz, doss Se angerufe habe und dann hol isch des nächste Woch ab!" – Pause – „Ja, olles klar! Tschüssle!" Jetzt hatte sie das Gespräch wohl weggedrückt. Ich vernahm ein derbes „Dumme Sau, blede, so a dumme Sau!" Erneut bekam ich einen Lachkrampf. Joy führte das Gespräch mit mir fort. „Wos die Leit so oalles wolle, warum lachst du?" „Über deinen letzten Kommentar zu dem Anrufer!" „Is doch woahr, womit ma alles belästigt, wird" „Was moachst heit no?", wollte die Erna nun wissen. „Ach ich koche noch etwas und dann gehe ich bald ins Bett" „Isch kuck nachher Fußball Bayern gegen Paris, die Bayern mog isch ja sehr, vor allem de Olli Kahn, der do gespielt hat, a geile Sau!" Ich kiekste vor Vergnügen, alles war ganz vertraut zwischen uns, ein Gespräch, das abermals alles in sich hatte: Humor, Zoten, wirkliches Interesse an seinem Gegenüber – eine richtige Freundschaft. Kurz vor neunzehn Uhr endete das Gespräch. Joy freute sich auf Bruno, den sie gegen acht erwartete. „Wir spreche dann näschte Woch wieda, isch muss jetzt die Supp für mei Fickerle fertigmache, also alla und Tschüssle." Dann legte sie auf. Ich begab mich in die Küche und bereitete mein Abendessen vor.

Der Donnerstag lief ähnlich ab wie der Tag davor. Telefonate rissen nicht ab. Mails mussten beantwortet werden, gegen elf Uhr war noch ein Arztbesuch angesagt. Als ich am frühen Nachmittag wieder zu Hause war, klingelte schon wieder das Telefon. Das Display zeigte erneut Joys Nummer an. „Merkwürdig, die hat doch gestern erst angerufen, aber was soll's!", ging es mir durch den Kopf. „Hallo Erna, was gibt es?" „Lieber

Peter, hier ist Bruno, die Joy ist gestern Abend gestorben!" Ich glaubte mich verhört zu haben, dann schnürte es mir die Kehle zu und Tränen liefen über meine Wangen. Es dauerte eine Weile, bis ich den Satz von eben begriffen hatte. Joys Freund blieb ganz still und schluchzte. Völlig apathisch fragte ich den Franzosen, wann er gestern bei seiner Freundin eingetroffen sei. „Ich war gegen halb acht daheim in Hilsbach und wunderte mich, dass auf dem Herd eine Suppe köchelte. Im Wohnzimmer lief der Fernseher. Ich sah Joy auf dem Sofa liegen und dachte, sie wäre eingeschlafen. Dann ging ich zu ihr und streichelte ihr übers Haar. Sie rührte sich nicht, ich bekam einen Schreck und versuchte ihren Puls zu fühlen, spürte aber nichts." Dann brach er ab und weinte. Auch ich war zu keinem weiteren Wort fähig. Es dauerte ein paar Augenblicke bis ich meine Sprache wiederfand: „Halt mich bitte auf dem Laufenden, du kannst mich jederzeit anrufen." Die milde Spätsommersonne lockte mich auf die Terrasse, dort zündete ich mir eine Zigarette nach der anderen an, hatte einen Klos im Hals und heulte still vor mich hin.

Erst am späten Nachmittag kam ich wieder zu mir. Das permanente Läuten des Telefons rüttelte mich aus meiner Lethargie. Noch etwas benommen griff ich zum Hörer und vernahm die Stimme Mark Pittelkaus von der *BILD*. Nassforsch, wie man ihn kennt, begann er das Gespräch mit den Worten: „Du warst doch der Manager von Joy Fleming, woran ist sie denn gestorben und wie ist das passiert? Erzähl mal!" Ich war über die Unverfrorenheit des Journalisten geschockt und schluchzte: „Ihr habt euch doch Zeit ihres Lebens nicht für sie interessiert, habt euch lustig gemacht, sie sogar ignoriert!" „Das kannst du so nicht sagen.", versuchte Pittelkau es nun eine Spur sanfter. „Ich möchte ein Interview mit dem Witwer machen!" Ich glaubte mich verhört zu haben und schrie den Reporter an: „Schon mal was von Pietät gehört!" Dann drückte ich den Anrufer weg. Bis in den späten Abend gab das Telefon keine Ruhe. Manche Medienleute waren mitfühlend, andere aufdringlich und unverschämt. Lediglich der *Tagesschau* nannte ich ein paar Fakten, das war mit Bruno so abgesprochen.

Als ich am nächsten Morgen in die Stadt ging fiel mein Blick in einem Kiosk auf die *BILD,* die den Tod der Sängerin auf die Titelseite gebracht hatte. Zittrig griff ich nach dem Blatt und las: „Ihr Manager Hans-Peter Schmidt-Treptow brach im Interview mit uns in Tränen aus. Wir hatten noch so große Pläne bezüglich Fernsehens und Konzerten. Selbst meine Mutter ist fassungslos, sie hat eine Freundin verloren!" „Ich könnte kotzen, wenn ich diesen Dreck lese, woher wissen die das bzw. warum verbreiten sie diesen Mist!", schrie ich den Verkäufer an, der mich völlig unverständlich ansah.

Wieder daheim meldete sich die Redaktion von *Willkommen bei Carmen Nebel* und bat mich am Samstag nach Hannover zu kommen, um ein paar Worte in der Livesendung zum Tode Joy Flemings zu sagen. „Ich muss das mit dem Lebensgefährten absprechen!", teilte ich der Dame mit. Dann rief ich erneut Bruno an und wir entschieden, lediglich ein paar Fakten aus der Karriere zu nennen. Ich wollte und sollte nicht in der

Show auftreten und traf auf viel Verständnis in der Redaktion. Man beschloss einen Videoclip mit Auftritten zu zeigen, den die Moderatorin dann kommentieren sollte. In der zwei Tage später folgenden TV-Show wurde das auch mit viel Geschmack und Ästhetik über den Bildschirm gebracht.

Die Beerdigung in Hilsbach war für den zweiten Oktober angesetzt. Am Sonntag ereilte mich ein Hexenschuss und ich konnte nicht zum Begräbnis reisen. Immer wieder riefen Kollegen bei mir an und zeigten ihr Mitgefühl. Besonders Mary Roos sprach mit viel Hochachtung von Joy Fleming. Das war schon zu Lebzeiten so. Die schwärzeste Stimme Deutschlands und Mary Roos pflegten einen guten Kontakt miteinander, eine Ausnahme in diesem Geschäft. Auch Ralph Siegel meldete sich. Er hatte zwar nie wirklich mit Joy gearbeitet, schätzte sie aber als Künstlerin. Als ich ihm sagte, dass ich der Letzte gewesen sei, der mit ihr gesprochen habe, eine halbe Stunde später muss sie gestorben sein, entgegnete Ralph etwas ironisch: „Dann ruf mich bitte nie wieder an!" Siegel meinte das nicht böse, aber ich verstand das zunächst nicht.

Mir fehlt die Sängerin bis heute. Immer wieder erinnere ich mich an ihr Können, ihre Menschlichkeit, ihre Güte und oft lache ich auch über die Garstigkeit, die sie manchmal ihren Kollegen gegenüber an den Tag legte. Die Lücke, die sie hinterlässt, ist nicht zu füllen.

Die nachstehende Geschichte ist zwar frei erfunden, hätte sich aber in der Fantasie einiger ESC-Fans wirklich abspielen können. Seit 1971 hat es mir viel Spaß gemacht, diese Sendung einmal pro Jahr zu erleben. Später war ich sogar einige Male vor Ort dabei und habe für verschiedene Medien als Journalist berichtet. Heute ist mir der Wettbewerb viel zu lang. Ich habe ein wenig das Interesse daran verloren

Der rote Traum

Ein Kleid zieht hinaus in die Welt

Eine eiskalte Februarnacht neigte sich im Großherzogtum Luxemburg dem Ende zu, als Britta, nicht wie gewohnt, vom Klingeln des Telefons geweckt wurde. „Vernon", gähnte die aparte Blondine verschlafen in den Hörer. „Britta, Du bist wach, Du bist es!" vernahm sie noch schlaftrunken. „Was oder wer bin ich?", hauchte sie leicht benebelt in den Hörer. Jetzt erst erkannte sie die Stimme am anderen Ende der Leitung. Franz Bilbault, ihr Chef von *Radio Luxemburg,* verkündete seiner Moderatorin, dass auf der gestrigen Redaktionssitzung einstimmig dafür plädiert wurde, dass Britta Vernon die Gastgeberin des diesjährigen *Grand Prix Eurovision de la Chanson* sein sollte. Mit einem Schlag war sie hellwach, schmiss den Hörer auf die Gabel und schlug vor Freude ein Rad. „Hurra, ich habe es geschafft!", juchzte sie. Seit Wochen bangte Britta darum, diese große Fernsehchance europaweit zu bekommen. Sie paukte alle erdenklichen Sprachen wie Finnisch, Schwedisch oder Hebräisch, das ihr mittlerweile auch nicht mehr Spanisch vorkam. Sie war sogar so weit gegangen, dass sie sich selbst Moderations-texte schrieb und diese vor ihrem Spiegel einübte. Vergnügt kochte sie sich einen Kaffee und ihr Glücksgefühl wollte einfach nicht enden. Nachdem sie ihre Morgenzeitung gelesen hatte und wieder mehr und mehr zu sich gekommen war, traf sie ein Gedankenblitz. „In welcher Robe soll ich den großen Abend präsentieren, ich habe nichts anzuziehen!", stellte sie panisch fest.

Kurz darauf griff sie erneut zum Hörer und rief ihre gute Freundin Ulrike Mattern in Starnberg an. „Mach Dir keine Gedanken, ich nehme die nächste Maschine nach Paris und wir treffen uns dort. Valentino oder Lagerfeld werden uns schon helfen.", beruhigte sie die Schauspielerin. Britta erschien das doch zu aufwendig und so entgegnete sie, dass das doch einfach zu viel des Guten wäre. Nur schwer ließ sich Frau Mattern von ihrer Idee abbringen, gab dann aber doch nach und beendete das Gespräch mit dem Satz: „Gut, dann sieh Dich in Luxemburg um aber achte auf die Goldkante, es lohnt sich!" Britta war genauso ratlos wie vorher, machte sich aber stadtfein und plante einen Boutiquenbummel für diesen Tag.

Stunden waren vergangen, die Moderatorin hatte bereits zehn Läden durchstöbert und nichts gefunden. Am *Marche des Herbes* entdeckte sie in einer Schaufensterauslage ein rotes, asymmetrisch geschnittenes Abendkleid mit Cape. „Das ist es!", juchzte sie und stürmte in den Laden. Ohne große Umschweife tat sie ihr Begehren kund. Mit geröteten Bäckchen und Schweißausbrüchen trat sie aus der Umkleidekabine und schritt vor den Spiegel. Ihre Begeisterung kannte keine Grenzen mehr, im Freudentaumel fiel sie der Verkäuferin um den Hals. Etwas barsch wies diese sie zurück: „Halt halt, nicht so stürmisch. Das sitzt doch gar nicht, ich werde es jetzt abstecken, dann können wir es auf ihre Größe ändern!" „Nein, nein!", entgegnete die beflügelte Britta, „Ich nehme noch ein bisschen ab und dann geht das schon!" „Wenn Sie meinen.", argwöhnte die Verkäuferin und sah Britta fast mitleidig an. Irgendwie wirkte die Blondine aber auch wie eine zu spät gekommene Esther Williams die einen zu engen Badeanzug aus den 1940 er Jahren trug. Am liebsten hätte Britta die Robe gar nicht mehr ausgezogen, so beseelt war sie. Kurz darauf verließ sie die Boutique und eilte nach Hause, um in diesem roten Wunderwerk Moderationsübungen vor dem Spiegel zu machen.

Die folgenden Wochen vergingen wie im Flug. Endlich rückte der große Abend näher. Die Probenwoche lief glatt über die Bühne. Britta trug ihr rotes Abendkleid nun eigentlich Non-Stopp. Da das Material knitterfrei war, machte es dem Kleid gar nichts aus. Als ihre Garderobiere kurz vor der Livesendung feststellte, dass das Abendkleid doch fleckentechnisch gelitten hätte, ergriff Britta die Panik und wies einen Kameramann an, viel Weichzeichner auf das Gewand fallen zu lassen. Um 21.45 Uhr war es so weit! Frau Vernon schwebte wie eine Zauberfee vor die Kameras. Sie begrüßte die Zuschauer in allen erlernten Sprachen. Zwar klang ihr Englisch ein wenig hölzern, aber wer sollte diesem liebreizenden Geschöpf das verübeln, das so charmant die *Ladies and Gentleman und Madames et Messieurs* begrüßte. Und tatsächlich lief alles wie am Schnürchen. Hinterher waren alle des Lobes voll über Brittas Moderation und ihre Robe. Nun ja, fast alle! Die Gastgeberin des Abends war vollkommen davon überzeugt, Großartiges geleistet zu haben. Auf der Aftershowparty fiel sie Joe Richards um den Hals und wollte ihn wegen seines Nichtsieges für Großbritannien trösten, dem wiederum erschienen die Annährungsversuche suspekt, wusste doch jeder, dass ... aber lassen wir das. Britta Vernon hatte ihren Traum gehabt und war sich sicher, dass nun eine internationale Karriere beginnen würde, die einige Jahre später als wöchentliche Ansagerin beim *Norddeutschen Rundfunk* in der *Aktuellen Schaubude* tatsächlich Auftrieb bekam.

Die ersten Apriltage des nächsten Jahres brachten den Frühling und die Musik in den Süden des Vereinigten Königreiches nach London. Wieder hatten sich siebzehn Sänger und Gruppen aus ganz Europa zum alljährlich stattfindenden Sängerwettstreit eingefunden. Große Namen und andere, deren Karriere im Lauf der Jahre etwas anfingen zu lahmen, sangen für ihr Land. Eigentlich herrschte überall eitel Sonnenschein, vor den Kulissen. Dahinter gab es ein Hauen und Stechen, das seines Gleichen suchte.

Eine blonde nordische Schönheit namens Anne Lill Stevensson hatte massive Probleme mit ihrem Gepäck. Es war zwar in Oslo ganz normal verladen worden, kam aber in London niemals an. Missmutig ließ sie die Proben über sich ergehen, obwohl sie keinen Schimmer hatte, was sie am Samstagabend tragen sollte. Am Mittwoch vor dem Festival platzte der Norwegerin der

Kragen. Alle Recherchen nach ihren Koffern blieben erfolglos. Heulend rief sie die Vorjahresmoderatorin an, mit der sie seit den Luxemburger Tagen herzlich befreundet war, und klagte ihr Leid. „No problem, I wanna send my red dress from last year, friday, you can enjoy it!", tröstete Britta ihre Freundin. Sichtlich beruhigt beendete Anne Lill das Gespräch und blickte zuversichtlich auf das große Spektakel. Und tatsächlich, am Freitag hielt sie das Paket aus Luxemburg in ihren Händen. Zitternd und vorsichtig packte sie es aus und sie überkam ein ähnliches Glücksgefühl wie vor einem Jahr Britta Vernon. „Jetzt kann nichts mehr schiefgehen, außer vielleicht die Platzierung!", atmete die Norwegerin auf. Leider sollte sie recht behalten.

Soeben hatte Norwegens Vertreterin ihren Auftritt hinter sich gebracht und ging von der Bühne ab, als sie der Vertreterin Luxemburgs Constance Bebé begegnete, die sich auf Anne Lill Stevensson warf, um ihr das Kleid vom Leibe zu zerren. Schon über den Monitor in ihrer Garderobe hatte sie den roten Traum bewundert. Die Luxemburgerin war über ihr Outfit nicht sonderlich glücklich. Zwar sah die rote Bluse reizend aus, aber die dazu kombinierte schwarze Samthose erntete nicht ihr Entzücken. Im Eifer des Gefechts entriss Constance ihrer Gegnerin den roten Rockteil des Kleides, heftete ihn über ihre Hose und rannte in Richtung Bühne. Kurz darauf trat sie strahlend vors Mikrofon und schmetterte in grauenhaftem Französisch ihren Titel *Tu es mon amour*. Lediglich ihre leicht struppige Frisur erinnerte noch daran, was sich vor ein paar Minuten hinter der Bühne ereignet hatte. Als

Constance abtrat kauerte die blonde nordische Schönheit noch am Boden und blickte die Engländerin verheult an. Die Vertreterin Luxemburgs würdigte sie keines Blickes und eilte in ihre Garderobe. Langsam kam Anne Lill wieder zu sich, bedeckte ihre Blöße mit den übrig gebliebenen Resten von Brittas Kleid. Beherzt griff sie zum Telefon und erzählte ihrer Freundin, was passiert war. „Tell it Reiner Holbe in his television show *Amazing stories,* perhaps he is believing you!", keifte die Vorjahresmoderatorin. Die Freundschaft der beiden Frauen ist seither je getrübt.

Im Herbst, einige Jahre später, begann Renate Manderscheidt beim *Bayrischen Rundfunk* in München mit der Planung für die Ausrichtung des nächsten *Grand Prix Eurovision de la Chanson,* der im April des Folgejahres in der *Stadthalle* ausgerichtet werden sollte. Da sie als Perfektionistin galt, wollte sie nichts dem Zufall überlassen. Wie besessen saß sie Nacht für Nacht vor ihrem Videorekorder und sah sich Alt *Grand Prixs* an, um sich inspirieren zu lassen. Nach etlichen Gläsern Rotwein schob sie die Kassette mit der 1966 er Veranstaltung in den Rekorder und stieß einen Schrei aus, der durch Mark und Bein ging. Sie sah Britta Vernon in ihrem Abendkleid und war entzückt. „Da, das oder keines muss die Moderatorin tragen!", jauchzte sie. Die Idee setzte sich fest. Am nächsten Morgen ließ sie sich mit Britta von *RTL* verbinden und berichtete von ihren Plänen. Frau Vernon hörte aufmerksam zu und berichtete dann von den Geschehnissen in London. „Oh je, dann sieht es wohl schlecht aus, also ist das Kleid in Norwegen bei dieser … wie heißt die Dame doch gleich?" „Anne Lill Stevensson!", entgegnete Britta, „aber wir pflegen keinen Kontakt mehr, tut mir leid!" Damit war das Gespräch beendet aber in Frau Manderscheidt brodelte es. „Wie macht man eine Sängerin in Norwegen ausfindig, die mal fünf Minuten Berühmtheit in ihrem Leben hatte und danach in der Versenkung verschwindet?", seufzte sie. Kurzentschlossen griff sie erneut zum Telefon und wählte eine Nummer beim norwegischen Fernsehen, dort ließ sie sich mit dem Unterhaltungschef verbinden und fragte nach der *Grand Prix* Vertreterin von damals. Kim Leegreid, so hieß der Herr, war ausgesprochen freundlich und verstand das Anliegen der Münchnerin sofort. „Ich habe zwar keine Ahnung, was diese Anne Lill heute macht, aber ich versuche mein Möglichstes und melde mich wieder bei Ihnen!" Sylvia sah erneut ihre Hoffnungen zerfließen. Noch am gleichen Nachmittag meldete sich Leegreid und erzählte der Redakteurin, dass das Kleid oder was davon noch übrig sei, jetzt auf dem Postweg nach München sei. Und tatsächlich, ein paar Tage später erhielt sie ein Paket mit der Aufschrift „personlig / konfidensiell" Kvinne Sylvia Manderscheidt. Vorsichtig packte sie es aus und ein Glücksgefühl durchfloss ihren ganzen Körper. Sie hielt das Abendkleid, das nun aus zwei zerfetzten Teilen bestand in ihren Händen.

„Wunderbar!", dachte sie, „ein paar Reparaturen hier und da und dann passt das schon!" Das Kleid war jetzt da, aber wer sollte sich darin präsentieren, jetzt war guter Rat teuer. Seit Wochen führte sie Gespräche mit Petra Schürmann, Vroni Hintermoser und Helen Vernér. Auf den Redaktionssitzungen wurde man sich aber nicht einig, da fast alle drei Damen Bedingungen stellten. Die ehemalige *Miss World* und eines der Aushängeschilder des *Bayrischen Rundfunks* Petra Schürmann war die Location zu provinziell darüber hinaus forderte, sie mindestens zwei Abendkleider von *Valentino,* die sie natürlich behalten wollte. Vroni Hintermoser legte Wert auf Lokalkolorit und wollte unbedingt im Dirndl moderieren, dass ihr Französisch außerdem nicht vorhanden war, schien noch das geringste Problem zu sein. Also fiel die Wahl auf Helen Vernér, die zudem noch den Pausenteil gestalten sollte mit einer Tanzeinlage. Die ehemalige Balletttänzerin war hocherfreut als sie die Zusage vom Sender bekam und stellte keine weiteren Fragen. So verblieb bei Renate Manderscheidt nur noch die Aufgabe den beiden anderen Kandidaten abzusagen. Frau Schürmann nahm es gelassen und meinte nur: „Dann eben nicht!" Mit Frau Hintermoser war es schwieriger. Sie ließ einfach nicht mit sich reden. Mit Schaudern erinnern sich heute noch einige Redaktionsmitglieder an deren Abgang, nachdem ihr mitgeteilt wurde, dass sie nicht die Gastgeberin des Contests sein würde. Vroni warf mit nicht druckreifen Kraftausdrücken um sich, Landpomeranzen und blöde Kuh war noch das Harmloseste, was die sonst so freundliche Dame von sich gab. Sie kündigte und verließ daraufhin den Sender, moderierte fortan beim *ZDF* die *Volkstümlichen Bayernsongs,* im Dirndl.

Auf einer eiligst zusammengerufenen Pressekonferenz verkündete man nun, dass man hocherfreut sei, eine Moderatorin gewonnen zu haben, die als der Inbegriff deutscher Schönheit gelte – Helen Vernér. Außerdem habe sich die Künstlerin bereit erklärt auch noch zu tanzen und so den Pausenteil zu bestreiten.

Der große Auftritt rückte näher. Frau Vernér wurde direkt aus Paris eingeflogen und residierte im *Bayrischen Hof*. Das wiederhergestellte rote Kleid gefiel ihr ganz außerordentlich und sie war der festen Überzeugung, dass das eine Kreation von Karl Lagerfeld sein musste. Sylvia ließ sie in dem Glauben und dachte nur: „Blond und doof, aber was will man erwarten von einem ungebildeten Arbeiterkind!" Die Proben überstand Frau Vernér noch ganz gut. Kurz vor der Liveübertragung machte sich aber entsetzliches Lampenfieber und Nervosität breit. Zwanzig Länder, drei Sprachen auf einmal sprechen, hatte sie sich doch zu viel zugemutet? Am leichtesten fiel ihr die fünfminütige Tanzeinlage, obwohl sie danach so außer Atem war, dass sie bei der Probeabstimmung mit den Juryvorsitzenden in den einzelnen Ländern oft patzte. 21.00 Uhr – ihre große Stunde war da, Wolfgang Sander, der Regisseur, gab ihr einen leichten Klaps auf den Po und schob sie ins Rampenlicht und plötzlich sprudelte es nur so aus ihr heraus: „Guten Abend, Welcome, Bienvenue ..." Alles lief glatt, wären da nur nicht ihre Moderationskarten gewesen, die sie im Eifer des Gefechts fallen ließ und so schnell nicht wieder in die richtige Reihenfolge bringen konnte. Sie offerierte dem Publikum gerade den spanischen Komponisten Isidro Gonzalez, als das Unheil seinen Lauf nahm. Wollte die Blondine doch ganz perfekt spanisch lispeln, als sie sich dabei ihr Kleid bespuckte. Eilig gereichtes Fleckenwasser konnte nur spärlich die Speichelflecken entfernen. Die Weichzeichnerarbeit eines guten Kameramannes war nun angesagt. Nun ja, jeder erinnert sich wohl noch, wie es ausging. Helen war am Ende des Abends fix und fertig, ward nicht einmal mehr auf der anschließenden Siegerfeier gesehen. Nach nicht bestätigten Aussagen einiger Zaungäste, sah man sie auf der Flucht vor einer Horde Journalisten. Ihre Moderation der ganz besonderen Art ist mittlerweile in die Annalen der *ESC*-Historie eingegangen.

Die Münchner Veranstaltung wurde in einer schäbigen Schwabinger Studentenbude von einer gewissen Uschi Schulz verfolgt. Sie volontierte seit geraumer Zeit beim *BR*, hatte sogar schon eigene Ansagen auf dem Bildschirm hinter sich gebracht. Seit frühester Jugend beschäftigte sich die Brünette mit der eingehenden Grundlagenforschung in Sachen *ESC*. Wie hatte sie vor dem Fernseher mitgefiebert, an den Lippen der rotgekleideten Helen geklebt und davon geträumt einmal dieses Festival moderieren zu dürfen. „Meine Seele würde ich dafür verkaufen", dachte sie, auf Wolken schwebend. Nun, ihre Chance lag näher, als sie zu diesem Zeitpunkt zu hoffen gewagt hätte ...

Der Herbst zog ins Land und der nächste *Eurovision Song Contest stand* im Raum. Wieder übernahm Sylvia die Planung für die Vorentscheidung, die im *Deutschen Theater* stattfinden sollte. Fast 1.000 Kompositionen wurden eingereicht, die alle über ihren Schreibtisch liefen. Der Papierkorb stand verdächtig nahe an ihrem Platz. Den Großteil der Bänder übergab sie dann aber doch an eine unabhängige Jury, die zwölf

Titel für die *Vorentscheidung* aussuchen sollte. Erneut stellte sich die Moderationsfrage. Mit Frau Hintermoser war nicht mehr zur rechnen, seit dem Abgang vor einem Jahr. Zufällig hatte der Regisseur Uschi Schulz bei einer Fernsehansage gesehen und war begeistert von ihrem Liebreiz. Tags darauf lud er sie in sein Büro ein. Nach leichten Verhandlungen wurde man sich auf der Couch bei einem Kaffee schnell einig. Pro forma wurde noch ein Casting ins Leben gerufen, aus dem Uschi Schulz natürlich als Gewinnerin hervorging. Nur kurze Zeit später wurde eine Pressekonferenz anberaumt, auf der sich Uschi den Fragen der Journalisten stellen sollte. Eine Redakteurin der Modezeitschrift *Brigitte* erkundigte sich, was Frau Schulz denn anziehen wolle. Plötzlich herrschte eisige Stille. Sylvia Manderscheid entgleisten die Gesichtszüge abermals. Die Erste, die ihre Sprache wiederfand, war die Präsentatorin in spe: „Bloß nichts Langes, alles ganz schlicht und natürlich, so wie ich eben bin!" Damit war das Problem aber nicht vom Tisch. Direkt im Anschluss fuhr das gesamte Team in die *Bavaria Filmstudios* nach Grünwald, um im Fundus das Passende zu finden. Stunden der erfolglosen Suche vergingen als eine alte, mit Knoten auf dem Kopf frisierte, Garderobiere mit etwas Rotem vor Uschi stand und bayrisch knarrte: „Wos hoidn Sie hiervon?" „Aber, ich wollte doch nichts Langes!", protestierte die Schulz und stampfte mit dem Fuß auf. „Nichts da, zieh es einfach an, es wird toll aussehen!", befahl ihr der Regisseur. Mürrisch zog sie sich den Fetzen an dann trat sie vor ihr Team, das spontan Beifall klatschte. Natürlich mussten Ausbesserungen und Änderungen vorgenommen werden, aber das war jetzt nicht mehr so wichtig.

Irgendwie kam allen Beteiligten das Kleid verdächtig bekannt vor. „Wer hat das Ding schon einmal getragen?", fragte sie in die Runde. Die Alte mit dem Knoten ergriff das Wort: „Jo, wissn Sie des net mehr, ois die Frau Vernér do letzts Joar voa de Journalistenmeite vasteckn musste. Mia hom ihr dann Säcke umgehängt, damit sie unerkannt flüchtn konnte!" In Sander stiegen die üblen Erinnerungen des letzten Jahres wieder auf. Er runzelte die Stirn und murmelte: „Oh, oh Helen ...". Erleichtert und vergnügt verließ die Crew das Filmgelände. Was sollte jetzt noch schiefgehen.

Und dann war es so weit. Die Proben für den *Vorentscheid* liefen bestens. Uschi hatte einen guten Eindruck hinterlassen, wenn auch ihre Moderationstexte etwas langweilig wirkten. Sie war ein frisches Gesicht, das viel Charme versprühte. In ihrem roten Kleid führte sie mit Liebreiz durch den Abend. Dass das Teil bereits elf Jahre alt war, sah man ihm nicht an. Man hatte der Moderatorin Blüten ans Oberteil geheftet, die nicht mehr zu reinigenden Speichelflecken von Helen mit Pailletten überklebt und alles ein wenig aufgepeppt. Milly Mirror, die den Sängerwettstreit gewonnen hatte, fragte Uschi noch während des Abspanns, ob sie das Kleid eventuell im Finale tragen dürfe. Uschi lehnte barsch ab. Schade, so wäre der rote Traum erneut nach Luxemburg gereist, zurück zu den Wurzeln. Sie wollte sich von dieser Robe nicht trennen, die ihr so viel Glück gebracht hatte. Frau Mirror hatte das Nachsehen, ahnte ja noch nicht, dass ihr Rot-Schwarzes-Ensemble kurz darauf gestohlen werden sollte. Zusätzlich zu ihrem Honorar durfte Uschi Schulz das

Kleid behalten. Leider gab es kurzfristig keine Möglichkeit, das Gewand erneut zu tragen und so verschwand es über lange Zeit im Kleiderschrank der Schulz.

Im März nächsten Jahres erhielt die Münchnerin eine Einladung zur Hochzeit ihrer Freundin Britt nach Malmö. „Um Antwort wird gebeten, Abendgarderobe erwünscht!", stand auf der Einladungskarte. „Toll, dann kommt mein rotes Kleid noch einmal zur Wirkung!", dachte Uschi und sagte Ihr Kommen spontan zu.

Mit drei Koffern flog sie Anfang Mai nach Malmö. Eine Woche war für die Festivitäten der Hochzeit angesetzt. „Gut, dass ich auch Wintersachen mitgenommen habe!", stellte sie bei der Ankunft fest. Es war noch empfindlich kalt im hohen Norden zu diesem Zeitpunkt. Uschi hatte in den letzten zwölf Monaten so viel gearbeitet, dass ihr die Abwechslung nach Schweden zu reisen gerade recht kam. Außerdem war sie seit ihrer letztjährigen Moderation ein noch glühenderer Fan des *ESC* geworden und wusste natürlich, dass das Finale genau in die Zeit fiel, in der sie sich in Malmö aufhielt. Dass man eine Akkreditierung als Journalistin brauchte war ihr bekannt, so hatte sie bereits vor Wochen über den Bayrischen Rundfunk alles in die Wege geleitet. Zwischen den Feierlichkeiten raste die Münchnerin immer wieder in die Messehallen, wo der Song-Contest stattfand. Sie war beeindruckt von den Proben und Pressekonferenzen. Da der Freitagabend hochzeitsfrei war konnte die Brünette die Generalprobe besuchen und durfte sogar hinter die Kulissen schauen. Das Geschehen auf der Bühne nahm sie teils vom Zuschauerraum, teils Backstage wahr und geriet richtig in Euphorie. Soeben hatte die englische Vertreterin Lynn Byon ihre Performance sitzend auf einem Stuhl begonnen. Ein Aufnahmeleiter gab ihr ein Zeichen aufzustehen, als das Unheil passierte. Lynns Kleid verfing sich an einem herausragenden Nagel und zerriss ihr quasi in Sekunden das Bühnenoutfit. Jetzt stand die Künstlerin in Unterwäsche auf der Bühne, das Publikum grölte vor Lachen und hielt das für einen geplanten Gag. Geschockt verließ die Britin die Bühne und fiel Uschi fast in die Arme. Agneta Andersson, die Moderatorin des Festivals, die alles über einen Monitor verfolgt hatte, kam eine Idee ...

Inzwischen hatte sich Lynn wieder ein bisschen gefangen und obwohl sie die Münchnerin gar nicht kannte fühlte sie sich getröstet. Uschi reagierte spontan als ihr die Sängerin erzählte, dass sie nur ein Kleid mitgenommen habe aus England. Spontan bot ihr Uschi ihren roten Traum an, ohne sich Gedanken darüber zu machen, was sie nun zur Hochzeit anziehen soll. Miss Byon reagierte zurückhaltend auf das Angebot der Deutschen, willigte dann aber doch ein, es sich wenigstens einmal anzusehen. Kurz darauf fuhren beide Frauen in Uschis Hotel. Bei der Präsentation hätte sie sich mehr Entzücken der englischen Vertreterin gewünscht. Diese kommentierte lediglich mit: „Yes, nice, but we must cut it!" „Was, du willst es abschneiden?", empörte sich die Eigentümerin auf Deutsch. „Yes, and with the rest of stuff I put a ribbon on my butt!" Eine endlose Diskussion begann aus der die Britin als Siegerin hervorging. Sogleich besorgte sich Uschi eine Schere, organisierte Nadel und Faden und machte sich ans Werk. „Ich mochte es sowieso nie als langes Kleid!", ermunterte sie sich selbst. Binnen weniger Stunden war alles geändert. Zwar fehlte Lynn ein wenig der Liebreiz, den Uschi in diesem Kleid ausstrahlte, aber sie sah elegant aus. Der Clou war natürlich die Schleife auf dem Po. Uschi überlegte nun, was sie zur Hochzeit anziehen sollte, und entschied sich spontan für einen grünen Hosenanzug.

Am Samstagnachmittag war die letzte Generalprobe angesetzt. Stolz trat die Engländerin jetzt in Rot auf und wurde vielerorts bewundert. Sie konnte einen guten zweiten Platz belegen, was Uschi natürlich auf ihr Kleid zurückführte.

Ein paar Jahre später an einem grauen Novembertag entrümpelte Uschi Schulz ihren Kleiderschrank. Dabei fiel ihr das besagte Kleid in die Hände. „Hm, das hat seine Schuldigkeit mehr als getan, weg damit!", murmelte sie und stopfte es in einen gelben Plastiksack, den sie kurz darauf nach unten brachte und vors Haus stellte. Die Frauen, die ein paar Tage später die Klamotten bei der *Klaritos-Spenden-Gesellschaft* sortierten waren verwundert, dass jemand eine relativ edle Robe so einfach wegwarf und fanden, dass sich jemand auf dem Balkan, wohin die Sachen gehen sollten, schon darüber freuen würde.

Wie leider manchmal bei wohltätigen Institutionen gingen die Sachen auch nach Belgrad, gelangten aber nicht nur an Bedürftige. Korrupte Herren der Organisation verkauften bessere Teile an eine Boutique in der serbischen Hauptstadt und steckten sich das Geld in die Tasche. Über allem lag der Mantel des Schweigens.

Eine blonde, etwas in die Jahre gekommene Sängerin namens Lady Ball bummelte durch die Belgrader Fußgängerzone. Kurz zuvor hatte sie die Vorentscheidung für den *ESC* für ihr Land gewonnen und sollte mit dem Lied „*America*" nach Vilnius reisen. Sie schaute sich um und suchte dafür eine Kleinigkeit zum Anziehen, wie sie später erzählte.

Im Schaufenster der bereits erwähnten Boutique entdeckte sie das rote Kleid. Sie stürmte in den Laden, zeigte auf die Auslage und rief: „Das will ich haben!" Etwas irritiert takelte die Verkäuferin die Schaufensterpuppe ab und reichte der Kundin das Kleid. Schnurstracks ging sie in die Kabine, um es anzuziehen. Während der Anprobe vernahm man hinter dem Vorhang lautes Niesen und Schniefen, was wohl an den Mottenkugeln lag, die den Stoff immer wieder haltbar gemacht hatten. Mit laufender Nase trat Lady kurz darauf vor den Spiegel und fühlte sich großartig. „Damit gewinne ich den *ESC*!", protzte sie. Die Verkäuferin sah sie skeptisch an. „Wollen Sie es gleich anbehalten oder soll ich es einpacken?" Lady war bereits wieder in der Umkleide verschwunden und man vernahm noch lautere Geräusche als vorhin. Dann warf sie sich das Kleid über den Arm, bezahlte und entschwand.

Ladys Mutter war schon um die achtzig Jahre alt und in ganz Belgrad wegen ihrer Schneiderkünste bekannt. Ihre von Arthritis befallenen Hände arbeiteten langsam, aber zauberten trotzdem Wunderwerke der

Mode. Als ihre Tochter ihr den roten Traum präsentierte war die Alte wenig begeistert: „Mit dem Fetzen gewinnst du in Vilnius keinen Blumentopf!" Die Tochter wollte das gar nicht hören und gab ihrer Mutter Anweisungen, was zu ändern war. Noch am selben Abend machte sich die alte Frau Ball ans Werk. Als Lady am nächsten Morgen von ihren nächtlichen Streifzügen nach Hause kam, fand sie ein total neues Gewand vor. „So könnte das mit dem Sieg, was werden!", verkündete die Alte stolz und präsentierte ihrer Tochter ihre Arbeit. Missmutig und leicht angewidert betrachtete die Sängerin die nun rote Leggings, eine zu große Bluse und das dazu passende Stirnband. „Furchtbar!", fauchte Lady ihre Mutter an, „du hast alles versaut!" Mutter Ball kannte die Wutausbrüche ihrer Tochter nur zu gut und war froh, dass sie dieses Mal nicht noch handgreiflich wurde. Lady Ball raffte die Sachen zusammen und verschwand. „Die wird sich schon wieder einkriegen.", dachte die Alte und legte sich endlich schlafen.

Ein paar Wochen später traf die Serbin in Vilnius ein und war nun überzeugt als, Siegerin aus dem Wettbewerb zu gehen. Sie fand ihr Outfit inzwischen bühnenreif und auch der Haussegen hing zu Hause nicht mehr schief. Bei den ersten Proben brachen anwesende Journalisten in lautes Lachen aus als sie Lady erblickten. „Ihr werdet euch noch wundern!", ranzte sie die Meute an. Max Mandel, der den deutschen Kommentar sprechen sollte, fragte die Künstlerin, bei einer Pressekonferenz, ob die Klamotte aus dem Kostümfundus vom Theater sei, was wieder für viel Spott sorgte. Die Serbin trug die Nase immer höher, musste dann auch noch als Erste auftreten. Nun ja, das Ergebnis ist bekannt, es regnete kaum Punkte. Mutter Balls erster Eindruck sollte sich bestätigen. Enttäuscht reiste Lady Ball zurück nach Belgrad. Das Kostüm hatte sie in einer Mülltonne am Flughafen entsorgt. Dabei wurde sie allerdings von deutschen Eurovision-Fans beobachtet, die natürlich nichts Eiligeres zu tun hatten, als es wieder herauszuziehen. Ein gewisser Klaus Murme war nun stolzer Besitzer eines Originalkostüms aus seiner Lieblingssendung. Vielleicht spukte es in seinem Kopf herum, dass man das ja doch noch einmal gebrauchen könnte.

Und tatsächlich, vier Jahre später hatte dieser Herr Murme das Kleid in seinen fast ursprünglichen Zustand wiederherstellen lassen und trat damit als Helen Vernér-Double bei einem Fanclubtreffen in Zürich auf. Es war ein riesiger Lacherfolg bei den Fans, was Klaus gar nicht gefiel. Seitdem wurde er auf diesen Clubtreffen nie wieder gesehen. Aber wer weiß, vielleicht hilft Herr Murme eines Tages mal wieder einer Künstlerin damit aus der Patsche.

*Diese Menschen gibt es wirklich, sie begegnen uns tag-
täglich im Beruf, beim Einkaufen manchmal sogar im
Privatleben, obwohl wir uns da unsere Freunde aussuchen können. Mir sind und waren diese Leute immer
suspekt. Im besten Falle kann ich mich über diese aber
amüsieren*

Aha, das ist also Controlling

Ellen Maria von Überschlag war jetzt schon einige
Jahre als stellvertretende Gruppenleiterin in einer
Task Force der *Vicenca Versicherung tätig*. Äußerlich
erschien sie farblos und zurückhaltend. Aber der Teu-
fel steckte im Detail. Seit einiger Zeit war ihr Arbeitsplatz und der ihrer Mitarbeiter gefährdet. Es drohten
Versetzungen und Kündigungen, darüber war sich Ellen im Klaren. Ihr Mann Botho, der zum erweiterten
Vorstand des Unternehmens gehörte, war schon vor
Wochen ausgeschieden und arbeitete jetzt als Vorsit-
zender einer Holding in Leipzig. Er hatte sie vor vier
Jahren, nach der Geburt der Zwillinge Peter und Paul
in die Versicherung eingeschleust. Vordergründig war
sie dafür auch qualifiziert genug, hatte schließlich
BWL mit Schwerpunkt Controlling studiert.

Ihre Aufgabe bestand jetzt darin Kollegen zu beauf-
sichtigen, die aus alten Akten neue erstellen sollten,
indem sie alle Papiere durchforsteten (ach, deshalb
heißt das Task Force?), die in der Ablage überflüssig
geworden waren. Gleichzeitig war Frau von Überschlag
dafür zuständig, über den Transport der Altakten aus
dem Keller und der Erstellung der neuen Dokumente
zurück ins Archiv Listen zu führen. Zugegeben, diese

Tätigkeit kann nicht wirklich jemanden ausfüllen oder beglücken, sie aber verstand das als Controlling und tat jedem kund, dass sie das schließlich studiert hätte. Von der Wichtig- oder Unwichtigkeit mancher Unterlagen in den Akten hatte sie keine Ahnung. Sie machte das aber wett, indem sie ein paar Fachbegriffe wie Votum, Primer, vollstreckbare Ausfertigung der Grundschuldbestellungsurkunde etc. auswendig gelernt hatte und regelmäßig damit prahlte. Ständig geriet sie bei ihrer Arbeit aus dem Gleichgewicht, wurde nervös und fing an zu schwitzen. Dieser unangenehme Geruch verbreitete sich schnell im ganzen Raum. Andreas Winzer fiel das immer besonders auf, er ekelte sich davor, was er seinen Mitarbeitern auch sagte. „Das ist typischer Angstschweiß, ihr Arbeitsplatz ist genauso unsicher wie unserer, sie versucht sich ständig zu beweisen." Die Kollegen nahmen das zwar zur Kenntnis, aber niemand traute sich wirklich etwas zu sagen. Eines Morgens stellte er Ellen Maria ein Deo auf ihren Schreibtisch, was sie nur mit einem zickigen „Ah so" kommentierte. Es roch aber weiterhin streng.

Ein Neuzugang in der Gruppe war Renate Bellheim, eine Enddreißigerin von massivem Ausmaß. Renate hatte mindestens dreißig Kilo Übergewicht bei einer Größe von knapp 1,80. Schnell tuschelten die Kollegen sie sei wie der Koloss von Rhodos. Frau Bellheim war eine gelernte Fleischereifachverkäuferin, die aber jetzt auf Bürokauffrau umgeschult hatte. Das viele Stehen hinter dem Tresen belastete ihre Beine zu sehr. Ellen Maria mochte die Neue nicht und ließ sie das auch spüren. Aber immerhin war Renate diejenige die der Stellvertreterin die Stirn bot, sie ließ sich einfach nichts gefallen. Schon am dritten Tag gerieten die beiden Frauen in Streit, da die Vorgesetzte sie anfuhr, dass sie zu langsam arbeiten würde. Daraufhin drohte Frau Bellheim mit dem Betriebsrat, dann herrschte eisige Stille. Die Kollegen blickten auf und erwarteten jeden Moment eine Frauenschlägerei, zu der es aber nicht kam. Frau von Überschlag drehte sich einfach wortlos um und verschwand in ihrem Büro. Für den Rest des Tages war Ruhe.

Ellen Maria war in vielerlei Hinsicht speziell. Nicht nur, dass sie jedem von ihrem BWL-Studium mit Schwerpunkt Controlling erzählte oder wegen ihres üblen Körpergeruches. Das Kollegium hatte ihr deshalb den Spitznamen Ekel Maria von Übel verpasst. Darüber hinaus war sie erzkatholisch und lebte das auch voll aus. Natürlich war ihr Gatte Botho ihr einziger Mann bisher gewesen, darauf war sie stolz und versuchte auch immer wieder, Kolleginnen von ihrer Monogamie zu überzeugen. Besonders bei Peggy, die aus Chemnitz in den Westen gekommen war, biss sie auf Granit. Die Ostdeutsche lebte und liebte die Freiheit, vor allem aber hatte sie einen nicht unerheblichen Verschleiß an Liebhabern, von denen sie gern erzählte. Manche fanden das interessant, andere wandten sich ab. Frau von Überschlag bekam dann immer einen hochroten Kopf und roch noch strenger.

Völlig außer sich war sie zu dem Zeitpunkt als ihre Zwillinge eingeschult werden sollten und sie keine rein katholische Grundschule für ihre Kinder fand. Sie begann ihr Controlling zu vernachlässigen, da sie ständig mit irgendwelchen Kirchengemeinden und Pfarrern telefonierte, die ihr bei dem Problem helfen sollten. Winzer ging das allmählich auf die Nerven. Er brüskierte seine Vorgesetzte, indem er ihr riet, dass sie es doch zunächst mal mit einem katholischen Schwimmbad versuchen sollte. Das war zu viel. Sie schrie ihn an, dass das Konsequenzen für ihn haben würde. Er nahm das achselzuckend und grinsend zur Kenntnis. Natürlich passierte nichts.

Sie hatte aber auch zwei Kolleginnen, mit denen sie ein fast freundschaftliches Verhältnis pflegte. Das entging den anderen Mitarbeitern natürlich nicht. Schlimm wurde es nur, wenn eine der drei Frauen eine andere Meinung zu irgendeinem Thema hatte, dann machten zwei Hyänen Front gegen die Andersdenkende.

In solchen Fällen war es wieder Andreas Winzer, der zur Tat schritt. Er rief Ellen Maria abends privat an und beschimpfte sie mit verstellter Stimme als katholisches und verlogenes Miststück. Sie kommentierte das lediglich erneut mit „Ah so".

Als die Task Force aufgelöst wurde, glaubte sie, dass ihre große Stunde gekommen sei. Völlig ohne Ahnung hatte sie sich intern für die Vertragserstellungsgruppe beworben und wurde genommen. Einige der anderen Kollegen mussten gehen, manche konnten in neu gegründeten Bereichen untergebracht werden. Nicht ohne Schadenfreude vernahmen die verbliebenen Mitarbeiter die Nachricht, dass Ekel Maria von Übel einen Aufhebungsvertrag unterschreiben musste. „Na, da

hat wohl beim Controlling etwas nicht gestimmt!",
kommentierte die dicke Bellheim die Entwicklung.

Es gibt hin und wieder Situationen im Berufsleben, wo ein Spagat notwendig ist. In der Pharmaindustrie, der Medienbranche oder in Versicherungen werden Mitarbeiter verpflichtet ihre Kunden bei Laune zu halten. Man lädt sie zu Gartenfesten, ins Konzert und zum Essen ein. Diese Begegnungen zwischen Käufern und Verkäufern haben teilweise einen privaten als auch einen geschäftlichen Charakter. Das kann anstrengend für beide Seiten sein, macht auch nicht wirklich Spaß

Die oberen Hunderttausend – oder die sich dafür halten

Sehen und gesehen werden

Etwas mürrisch und unausgeschlafen saß Andreas an diesem Samstag auf seinem Balkon und schlürfte seinen zweiten Kaffee. Sein bevorstehendes Wochenendprogramm gefiel ihm überhaupt nicht. Statt Müßiggang und Mittagschlaf, wie er es gern nannte, war Arbeit angesagt. Einmal pro Jahr lud die örtliche Sparkasse ihre VIP-Kunden zum Tennis-Open-Turnier ein. Andreas, der als Firmenkundenbetreuer dort arbeitete, musste eine Handvoll seiner Kunden einladen und diese fast den ganzen Samstag bespaßen. Eine Gratwanderung, wie seine Freundin Yvonne immer sagte. „Ihr seid doch alle Banknutten!", hatte sie ihm gestern noch an den Kopf geworfen. Zugegeben, ganz falsch lag sie mit dieser Aussage nicht. Diese Art von Veranstaltungen hatten weder wirklich privaten Charakter noch geschäftlichen. Die Kunst im Umgang mit den Kunden lag darin einen Spagat zwischen dem privaten Andreas und dem Geschäftsmann zu präsentieren und in zwanglosen Gesprächen so viele Informationen wie möglich aufzusaugen, damit für zukünftige Verkaufsgespräche genügend Argumente zum Einsatz kamen. Andreas hatte dieses Talent, was einen nicht unerheblichen Anteil an seinem beruflichen Erfolg ausmachte.

Als er zur Uhr sah, stellte er fest, dass es bereits kurz vor zwölf war. Er sprang auf, ging ins Bad, um sich fertigzumachen. Um eins war er mit seinen Gästen auf dem Tennisplatz verabredet. Natürlich hatte es vorher wieder ein Gerangel gegeben. Viele Kunden hofften jährlich auf diese VIP-Einladungen. Das Abwägen wem diese zukommen sollten war nicht einfach für Andreas und seine Kollegen. Geschäftsumsätze, Bilanzen und Erträge spielten dabei eine wichtige Rolle. Wenn wieder mal ein Klient nicht zum Zuge kam, drohte er damit sich zukünftig eine andere Bank zu suchen. Meist blieb es aber bei dem Erpressungsversuch, denn nur diejenigen wurden aufmüpfig, die sich für etwas Besseres hielten, ihre Umsätze und Bilanzen redeten aber eine andere Sprache.

Punkt dreizehn Uhr erschien Andreas dann auf dem Tennisgelände. Schon von Weitem winkte ihm Ingrid Krüger-Meyer zu. Sie war Inhaberin der größten Kosmetikpraxis der Stadt und hatte bereits mehrere seiner Kollegen verschlissen, da sie ständig Ansprüche stellte, die kaum zu erfüllen waren. Mit Andreas klappte die Zusammenarbeit gut. Diese ging sogar so weit, dass er inzwischen alle vier Wochen die Praxis

aufsuchte und sich dort verwöhnen ließ. Im Schlepptau hatte sie ihren aktuellen Lebensabschnittsgefährten, der dem Banker als Dr. Pieper, seines Zeichens
Zahnarzt aus Köln, vorgestellt wurde. Dieser musterte
den Banker von oben bis unten, was Andreas unangenehm auffiel. Frau Krüger Meyer hatte wohl schon ein
paar Gläser Prosecco intus, denn sie begrüßte ihren
Geschäftspartner, indem sie ihn fast umarmte. Auch
das ließ er geflissentlich über sich ergehen. Dann ge-
sellten sich Sonja Triebel und Thomas Merker dazu.
Sie galten als durchsetzungsfähige Rechtsanwälte, die
eine gut florierende Kanzlei in Wuppertal betrieben.
Dass Sonja sich für ihre Mandanten massiv einsetzte,
war ihr äußerlich schon anzusehen. Eine Frau von Anfang vierzig mit mindestens zwanzig Kilo Übergewicht
und einer Stimme die durch Mark und Bein drang.
Aber so verschaffte sie sich Respekt vor Richtern und
Staatsanwälten. Sie galt als vermögend, hatte schwer
geerbt aber sich auch viel erarbeitet. „Na, heute wollen
wir die Bank mal richtig schädigen!", begrüßte sie ihren Kundenberater und klopfte ihm auf die Schulter.
„Möchten Sie ein Glas Sekt oder Prosecco?" „Ein Glas?
Moment!", entgegnete sie etwas zu laut, drehte sich
um und verschwand in Richtung Theke. Kurz darauf
kam sie mit einer Magnumflasche *Mumm* zurück. „Ich
habe dem Typen hinter der Bar gesagt, dass das auf
Rechnung der Sparkasse geht!" Andreas zuckte bei
diesen Worten etwas zusammen. Natürlich waren
seine Gäste eingeladen, aber ausufern sollte das alles
hier auch nicht. Er lächelte, was blieb ihm weiter übrig. In diesem Moment gesellte sich Vassiliki zu dem
Grüppchen, eine bildhübsche Kollegin mit griechi-

schen Wurzeln. Sie war vor einigen Jahren in die Firmenkundenabteilung gekommen. Zugegeben, viel Ahnung von der Materie hatte sie damals nicht. Leider entwickelte sie sich im Laufe der Jahre auch nicht wirklich zu einem Profi. Wenn sie sich über irgendeinen Kunden aufregte, geriet ihr sonst gutes Deutsch aus den Fugen und sie redete lautstark Kauderwelsch. Aber sie kannte Gott und die Welt, war mit fast der ganzen Stadt per Du. Wenn Andreas sie mal mit zu einem Kunden nahm, wurde schon der Weg dahin zu einem Albtraum. Alle paar Minuten blieb sie stehen und begrüßte jemanden, umarmte ihn und tauschte ein paar Unwichtigkeiten aus, die in ihren Augen natürlich wesentlich waren. Sie war jetzt Mitte dreißig und ledig, was als Südländerin unüblich war. Aber sie hatte Biss, wollte nach oben beruflich wie privat. Vermutlich hatte sie den Traum, sich einen Firmenboss oder Akademiker zu angeln. Aber das gelang bisher nicht. Diese Herren waren zwar für einen Moment oder auch mal etwas länger von ihr ganz angetan, aber als Frau fürs Leben kam diese Person nicht in Frage. Auch hier war Vassiliki beratungsresistent, sie machte unbeirrt weiter. Als sie Dr. Piper erblickte fiel ihr die Nadel des *Lions-Clubs* an seinem Revers auf. „Oh, was ist das denn für ein Button?", fragte sie interessiert. Piper rümpfte die Nase und meinte, dass das das Abzeichen seines Service-Clubs sei. „Was für einen Service bieten sie an?". Der Zahnarzt überhörte die Frage geflissentlich und wandte sich wieder dem Gespräch mit Frau Krüger-Meyer zu. „Kümmere dich bitte um deine Gäste!", zischte Andreas ihr genervt ins Ohr. Die Kollegin verstand aber den Hinweis nicht und plapperte weiter. Der Kundenbetreuer forderte die Eingeladenen nun auf sich in Richtung Bühne zu begeben, da der Vorstandsvorsitzende der Sparkasse Dr. Dr. Gürtler dort gleich seine Begrüßungsrede halten würde. Dann setzte sich die Gruppe in Bewegung. Am Rednerpult hatte sich Gürtler schon postiert. Wie immer wankte er ein bisschen, hatte eine rötliche Nase und sein aufgedunsenes Gesicht deutete entweder auf Bluthochduck oder Alkoholabhängigkeit hin, vielleicht auch beides. Wie immer war seine Rede sehr behäbig und viel zu lang. Er hörte sich selbst gern reden und kostete jeden Moment aus. Als er nach fünfzehn Minuten endlich endete spendeten die Zuhörer braven Applaus. Zielstrebig verließ Dr. Dr. Gürtler das Podium und steuerte direkt auf Andreas und seine Gäste zu. Fast freundschaftlich begrüßte er alle. Besonders Ingrid fühlte sich geschmeichelt, dass ihr ein Vorstandsvorsitzender die Hand gab, obwohl ihr Lächeln falsch wirkte. „Darf ich sie jetzt alle ans Buffet bitten!", forderte der Redner von eben auf. Wieder lächelte die Kosmetikerin falsch als sie aufgefordert wurde, am Vorstandstisch Platz zu nehmen. Andreas wurde mit den Rechtsanwälten am Tisch daneben platziert. Ab und zu vernahm er Fragmente vom Nachbartisch. Ingrid sagte eigentlich gar nichts, ab und zu entlockte ihr Gürtler mal ein „oh, interessant" oder ein „ach, was Sie nicht sagen". „Sie ist eben doch nur eine Makeup-Artistin ohne große Bildung.", ging es Andreas durch den Kopf. Plötzlich stand Frau Gürtler an ihrem Tisch. „Darf ich mich dazugesellen, mein Mann redet nur über das Geschäft, davon verstehe ich nichts!" Dann wuchtete sich die Endvierzigerin auf den Platz neben Andreas. Sie war schon etwas angetrunken, schwitzte stark unter ihrem weiten Sommerkleid, dessen Ausmaße einem Zirkuszelt gleichkamen. Im Kollegenkreis wurde Frau Gürtler nur *das Pony* genannt. Es passte auch alles zusammen, ihre voluminöse Figur mit einem Hintern wie ein Brauereipferd, die dicken Haare, deren Strähnen als Pony auf ihre Stirn fielen. Dass auch sie ein Alkoholproblem hatte, war offensichtlich. Markus, ein Kollege von Oliver meinte vorhin, dass man ihr doch gleich einen Eimer mit Hochprozentigem neben den Stuhl stellen solle. Dann bahnte sich die nächste Unverfrorenheit des Tages an. Thomas Merker zückte sein Handy und rief seine Frau an. „Hallo Barbara, komm doch auch noch mit den Kindern vorbei, hier ist es richtig nett und zu essen ist auch genug da!" Der Banker glaubte sich verhört zu haben, setzte aber sein Pokerface auf und ließ sich nichts anmerken. Eine halbe Stunde später tauchte Frau Merker mit ihren beiden Kindern auf. Eiligst wurden weitere Stühle an den Tisch gestellt. Andreas begrüßte die Neuankömmlinge: „Das ist ja super, dass Sie es auch noch einrichten konnten und für Ihre beiden Kleinen wird das hier bestimmt auch lustig." Bei sich dachte er aber: „Dieses Arschloch holt seine ganze Sippe noch hierher, die fressen sich durch und ich darf mich nachher für die Zeche wieder rechtfertigen, Scheiße!" es blieb ihm aber nichts anderes übrig als zu lächeln und Smalltalk zu machen. Ein wenig gereizt schlug er den Gästen vor, sich auf die Tribüne zu setzen und dem Tennis-Match zuzusehen, das sei ja schließlich der Grund, warum man hier sei. Alle folgten seinem Vorschlag, nur Frau Gürtler war nicht mehr in der Lage aufzustehen und entschuldigte sich damit, dass es ihr draußen zu warm sei.

Auch Frau Krüger-Meyer nebst Zahni bat der Kundenberater mitzukommen. Er hatte sowieso den Eindruck, dass sie sich am Vorstandstisch inzwischen langweilte. Das Interesse am Tennis währte nicht lange. Schließlich war man hier, um zu sehen und gesehen zu werden. Als erste verließ Frau Merker das Geschehen und meinte, dass sie mal nach ihren Kindern Ausschau halten müsse. Sonja Triebel folgte ihr. Kurz darauf fanden sich alle an einem der Stehtische unter den Sonnenschirmen wieder. Die Rechtsanwältin hatte inzwischen die vierte Flasche *Mumm* geordert. Ihre Stimme wurde von Glas zu Glas lauter und eindringlicher. Ingrid knabberte gerade an einer Brezel und wandte sich an ihren Kundenbetreuer: „Herr Möller, ich habe mir überlegt, jetzt mal hunderttausend Euro bei der *ING Diba Bank* anzulegen, die zahlen satte zwei Prozent Zinsen mehr!" Andreas verschluckte sich und hustete in seine Armbeuge. Als er wieder zu sich kam, wusste er nicht, was er darauf antworten sollte. Er lächelte und schwieg dachte aber: „Diese blöde Kuh säuft und frisst sich hier durch, schleppt ihren Zahnarzt noch mit. Soll sie doch das Geld abziehen, diese Internetbank wird sie bestimmt nicht zu Events einladen – wir zukünftig auch nicht mehr!" Parallel ging ihm noch ein anderer Gedanke durch den Kopf.

Am Abend waren die meisten Gäste schon beschwipst, manche auch hoffnungslos betrunken. Andreas merkte, dass er auch nicht mehr ganz sicher auf den Beinen stand. Plötzlich tauchte Yvonne im Getümmel auf und begrüßte ihren Freund mit einem Kuss auf die

Wange. „Darf ich Ihnen meine Freundin Frau Kittelberger vorstellen!", warf er in die Runde. Alle goutierten mit einem „Angenehm" oder einem Lächeln. In einer ruhigen Minute fragte er Yvonne, warum sie sich nun doch für die Banknutten entschieden habe. Sie antwortete nur knapp, dass im Fernsehen nichts Interessantes zu sehen gewesen wäre und sie keine Lust habe, den Abend allein zu verbringen. Immer wieder schweifte der Blick von Yvonne auf das Getümmel an den anderen Stehtischen. Auch sie hatte mittlerweile einen leichten Schwips als sie meinte: „Na, Professionelle aus Osteuropa laufen hier ja auch rum, zahlt das auch die Sparkasse?" Von einer Sekunde zur anderen herrschte eisiges Schweigen am Tisch. Als erste ergriff Ingrid wieder das Wort: „Wie meinen Sie das?" „Ja, schauen Sie sich doch um. Escort Mädchen aus dem Osten – alles inklusive!" „Ach die müssen doch auch leben!", schaltete sich jetzt Sonja Triebel ein. Das führte zu allgemeinem Gelächter. Gegen dreiundzwanzig Uhr löste sich die Runde auf.

Als Andreas und Yvonne das Gelände verließen und den Heimweg antraten sahen sie, wie Andreas' Abteilungsleiterin Frau Berg mit ihrem Mann auf einer Parkbank saßen und an einem Eis leckten. Sie machten einen völlig erschöpften Eindruck. „Alles geschafft, uff!", rief er seiner Chefin zu. „Ihnen noch einen schönen Abend, bis Montag!", rief sie zurück. „Aha, das ist also die Puffmutter!", foppte Yvonne ihren Freund.

Als Andreas am Montagmorgen in die Bank kam führte sein erster Weg direkt zu seiner Assistentin. „Guten Morgen Susanne. Du hast doch letzte Woche eine Kiste mit Tombolapreisen für das Jubiläum der Firma von Frau Krüger-Meyer gepackt, die will ich unbedingt mal sehen!" Neben teuren Kugelschreibern, Schreibmappen aus Leder, einer Armbanduhr und Mokkatassen lagen auch einige Bleistifte, Luftballons und irgendwelchem Schulbedarf im Karton. Andreas räumte alles aus ließ aber den Kleinkram unberührt. „So, das kann sie haben, die hochwertigen Sachen stellst du bitte wieder zurück!" Susanne sah ihn verwundert an: „Ist etwas nicht in Ordnung?" „Nein, nein alles gut oder eben überhaupt nicht!" Dann verließ er den Raum.

Ein paar Tage später wurde er zu Dr. Dr. Gürtler zitiert. Frau Krüger-Meyer hatte sich beim Vorstandsvorsitzenden über die mickrigen Geschenke beschwert. Andreas erzählte über die Unverschämtheit des Geldabzuges. „Dann wird die auch zukünftig zu keinen Events mehr eingeladen, Sie haben alles richtig gemacht!", kommentierte sein Vorgesetzter lakonisch und schob noch nach: „Sie zählt sich eben auch zu den oberen Hunderttausend der Stadt!"

Bestärkt ging der Kundenberater in sein Büro zurück, dachte aber: „Yvonne hat doch recht!"

Wenn Liebe aufhört beginnt die Gewohnheit, manchmal sogar der Hass. Warum bleiben Paare zusammen, frage ich mich oft. Aus Gründen der Absicherung, einer Verpflichtung oder aus Trägheit? Es gibt aber auch Ausnahmen. In der eigenen Verwandtschaft habe ich erlebt, dass es ein Leben nach einer einsamen Zweisamkeit geben kann

Es hört nie auf

Hermann und Lene waren jetzt seit mehr als vierzig Jahren verheiratet. Erotisch lief schon seit mindestens zwanzig Jahren nichts mehr zwischen den beiden. Lene hatte es längst satt, sogenannten ehelichen Verpflichtungen nachzukommen. Die Zeit hatte ihre Spuren bei beiden hinterlassen. Sie legte schon lange auf ihr Äußeres keinen Wert mehr. Nach einer Operation war sie auseinander gegangen, sah aus wie eine Kartoffel auf Streichhölzern, die im Lauf der Jahre die Schlacht gegen die Pfunde verloren, hatte. „Oh je, attraktiv ist was anderes!", dachte Hermann oft. Auch er hatte die Lust verloren, sich seiner Frau körperlich zu nähern. Für sie zählte der Alltag. Die kleine Landwirtschaft, die sie betrieben, sicherte dem Ehepaar ein auskömmliches Leben. Die drei Kinder waren erwachsen und hatten fernab von ihrem Heimatort ihr eigenes Leben gefunden. Hermann hatte, neben seines Dahinvegetierens, irgendwann entdeckt, dass er junge Mädchen um die zwanzig anziehend fand. Seine Frau hatte zwar vage Vermutungen zerstreute diese aber immer wieder mit dem Gedanken: „Soll der Alte doch machen, was er will, Hauptsache er fasst mich nicht mehr an." Selbst der alten Henriette vom Nachbarhof, die alle auskundschaftete und als Dorfzeitung bezeichnet werden konnte, war das aufgefallen. Sie sprach nur platt, war der hochdeutschen Sprache nicht mächtig. Regelmäßig stritt sie sich mit Lene über irgendwelche Dinge und erzählte dabei von ihren Beobachtungen. Neulich krachte es mal wieder zwischen den beiden Frauen. Zum Schluss warf Henriette Lene den Satz an den Kopf: „Un weisse wat dein Hermann is, dat is en ollen Bock, der auf junge Deerns steht!"

Auch Hermann hatte etwas mit zunehmendem Gewicht zu kämpfen. Heimlich hatte er sich in einem Fitness-Studio angemeldet, das er zweimal wöchentlich aufsuchte. Die sportliche Betätigung dort zeigte auch nach und nach ein wenig Erfolg. Irgendwann gab die Waage nur noch achtzig Kilo an bei einer Größe von zirka einem Meter siebzig. Vor einem Jahr hatte er seinen Arzt gebeten, ihn in eine Klinik einzuweisen, wo er sich die Tränensäcke entfernen ließ. Lene log er damals etwas von Grauem Star vor. Ihr passte das gut ins Konzept, mal ein paar Tage für sich allein zu haben. Als ihr Mann aus dem Krankenhaus zurückkam, fiel ihr nicht einmal auf, dass sein Gesicht auf wundersame Weise geglättet schien. Kurz darauf nahm er auch sein Training wieder auf. Wenn er an den Geräten schwitzte, fiel ihm seit geraumer Zeit ein junges fremdländisch aussehendes Mädchen auf. Jedes Mal, wenn er sich mit seinen Hanteln abmühte oder Klimmzüge am Turm machte, warf die Südländerin ihm schmachtende Blicke zu. Er nahm diese wohlwollend zur Kenntnis goutierte sie aber nur mit einem Lächeln. Auch wenn der Alte seinen Bauch bei den Übungen einzog, schien das Mädchen daran Gefallen zu finden.

An diesem Donnerstag gegen achtzehn Uhr war das Studio nur sehr übersichtlich besucht. Jetzt bewegte sich Hermann auf dem Laufband als die Fremde neben ihm stand und fragte, wie lange er noch brauchen würde. „Drei Minuten, dann können Sie drauf!" Sie wandte sich wieder ab. Als der Landwirt sein Pensum absolviert hatte, ging er in den Umkleideraum, zog sich aus, nahm sein Shampoo und bewegte sich in den Duschraum. „Verdammt! Wie ist die bloß zu knacken?", fuhr es Hermann durch den Kopf. Als er wenig später zu seinem Spind zurückkam, fand er den Umkleideraum leer vor. Er trocknete sich ab, zog sich an und verließ das Gebäude. Als er seinen Wagen aufschloss stand ihm die Schöne von eben plötzlich gegenüber und grinste: „Können Sie mich ein Stück mitnehmen, mein Bus ist gerade weg?" Der Bauer verstand nicht so ganz, trotzdem schwante ihm Erfreuliches. „Wo müssen Sie denn hin? Ich kann Sie gern mitnehmen." „Ach nur knapp zwei Kilometer Richtung Innenstadt!" „Kein Problem, meine Richtung, steigen Sie ein!" Ein paar Sekunden herrschte Stille im Wagen. Dann fasste sich Hermann ein Herz und berührte, wie aus Versehen, das Knie seiner Mitfahrerin. „Ich heiße übrigens Hermann, wir können uns gern duzen, trainieren ja auch zusammen." „Angenehm, ich bin Angelina, sag einfach Angie!" „Schöner Name, Italienerin?" „Ja, aber hier geboren, meine Eltern kommen aus der Nähe von Mailand!" Dann startete Hermann den Wagen. Seine neue Bekanntschaft plapperte in einer Tour. Der Alte genoss das. Es gefiel ihm, wie sie ihn bewunderte. Am Marktplatz bat ihn Angelina anzuhalten. „So, hier wohne ich!" Der Fahrer zögerte einen Moment stoppte dann aber das Fahrzeug. „Ich habe eine

Fischerhütte auf meinem Grundstück, da wären wir ungestört!", hörte er sich sagen. „Wo ist die?" „Nur ein paar Kilometer von hier." Hermann war so überrascht über die Bereitwilligkeit des Mädchens, dass er zunächst keine Worte fand. Sie saßen eine Zeitlang nebeneinander, verabredeten sich aber dann für den nächsten Nachmittag zum Spaziergang am Fischteich. Mit einem flüchtigen Kuss auf die Wange verabschiedete sie sich. Als Hermann zehn Minuten später zu Hause eintraf, keifte ihn Lene an: „Wo warst du so lange?" „Halt doch die Goschen!", dachte er bei sich und verschwand im Büro.

Am nächsten Tag lief alles wie von selbst. Die Bäuerin war ein wenig verwundert über die gute Laune ihres Mannes, sagte aber nichts. Griesgrämig saß sie ihm am Frühstückstisch im schlampigen Bademantel gegenüber und wetterte über irgendein schlechtes Düngemittel, das er bestellt hatte. Dann platzte dem Mann der Kragen: „Du bist so eine Kampfhenne, kannst du jetzt endlich mal den Mund halten, ich möchte in Ruhe meine Zeitung lesen!" „Dann nicht!", patzte ihn seine Frau an und verließ die Küche. Den Vormittag verbrachte Hermann an seinem Schreibtisch. Neben Kalkulationen und Abrechnungen ließ er sich immer wieder durch das Surfen bei *Pairship* im Internet ablenken, wo er seit einigen Wochen reges Mitglied war. Gegen halb eins rief Lene zum Essen. „Ich werde heute Nachmittag zum See gehen und angeln!" „Ja, ja, ist gut!", vernahm er ihre einfältige Zustimmung.

Kurz vor drei fuhr er mit dem Fahrrad zur Fischerhütte. Schon von Weitem erkannte er seine Eroberung von gestern. Als sie sich gegenüberstanden, nickten sich die beiden freundlich an. Angie hakte sich ein und sie flanierten um den See. Immer wieder bekam Hermann Gewissensbisse und dachte: „Hoffentlich sieht uns hier keiner!" Aber die Italienerin zerstreute diese Zweifel schnell mit ihrem südländischen Temperament. Als sie das Gewässer umrundet hatten, standen sie wieder vor der Hütte. „Noch einen Kaffee?", fragte der Alte. Angelina war sehr bereit die Einladung anzunehmen, so betraten die beiden das Häuschen. Hermann warf die Maschine an und der Kaffee begann durchzulaufen. Immer wieder hatte er den Eindruck, dass das Brodeln des Wassers seinem Herzschlag ähnlich war. Sein Blut pulsierte. Sein Gast hatte es sich inzwischen auf der alten Couch gemütlich gemacht. Hermann reichte ihr die Tasse und berührte dabei wieder, wie unabsichtlich, ihre Hand. Jetzt zog sie Hermann an sich und küsste ihn leidenschaftlich. Hermann hatte das Gefühl zu explodieren. Gierig öffnete er ihre Bluse dann verbrannte die beiden nur noch die Leidenschaft. Als sie erwachten, dämmerte es draußen schon. Sie sahen sich lange wortlos an. „Ich muss los, schon sehr spät!", sagte Angie zärtlich. Sie stand auf, zog sich an und eilte zur Tür, als Hermann ihr nachrief, wie sie denn hierhergekommen sei und ob er sie begleiten solle, sagte diese nur: „Ich werde unten am Weg abgeholt!" Irritiert blieb der Bauer zurück.

Als er zum Hof zurückkam antwortete er auf Lenes Frage nach dem Fangerfolg: „Die haben heute nicht gebissen!" Dann zog er sich wieder ins Büro zurück und schaltete den Computer ein.

Während meiner langjährigen Tätigkeit als Schreiber und Künstleragent sind mir immer wieder Menschen begegnet, die Anhänger eines Sängers oder Schauspielers sind. Der Begriff Fan kommt bekanntlich von fanatisch. Manchmal werden sie übergriffig und überschreiten ihre Grenzen. Hin und wieder ist der Künstler selbst daran schuld, weil er zu viel zugelassen hat. Der folgende Text ist eine Spin-Off-Geschichte aus meinem letzten Roman „Das Leben ist kein Vollplayback"

Ein Leben für Jana Levin

Genau zum richtigen Zeitpunkt hatte Jana Levin vor knapp drei Jahren ihre Karriere mit einer großen Europatournee beendet. Zu Beginn des Jahres 2020 machte Corona und die damit verbundene Pandemie viele Pläne von Künstlern zunichte. Jetzt, in der zweiten Hälfte von sechzig, suchte die Entertainerin eine neue Aufgabe. Verschiedene Verlage waren in den letzten Monaten an sie herangetreten und baten sie, ihre Autobiografie zu schreiben. Nach langem Hin und Her willigte sie ein, brauchte aber eine Unterstützung dafür, denn Schreiben konnte sie nicht. Jana sah das ganz realistisch und wusste, dass sie niemals eine Autorin werden würde. Außerdem hatte die Künstlerin kein Zahlen- oder Datumsgedächtnis. Sie wusste zwar, welche Stationen sie in ihrer Karriere durchlaufen hatte, konnte sich aber schlecht bis gar nicht erinnern wann sie wo aufgetreten war. Für die zu schreibenden Texte hatte die Sängerin bereits jemanden engagiert. Natalie Krone war seit Jahrzehnten eine Freundin für sie geworden und arbeitete als Redakteurin bei *Bunte*.

Beide Frauen trafen sich jetzt oft in Janas Bremer Wohnung. Die Erzählabende verliefen sehr entspannt. Jana lieferte jedes Mal ein Feuerwerk an Anekdoten und Ereignissen ihrer künstlerischen Laufbahn, oft hatte Natalie Mühe alles aufzuzeichnen oder mitzuschreiben. Immer wieder tauchte aber das Problem auf, wann denn die jeweilige Begebenheit stattgefunden hatte. Das Buch musste chronologisch aufgebaut werden. Die Sängerin fand schnell eine Lösung und empfahl ihrer Gesprächspartnerin, Kontakt mit Petra Gosch aufzunehmen.

Petra Gosch war inzwischen Anfang siebzig und lebte als pensionierte Postbeamtin in Rüsselsheim. Mitte der 1960 er Jahre hatte sie Jana Levin bei einer Veranstaltung in Frankfurt kennengelernt. Die Sängerin stand damals ganz am Anfang ihrer Karriere. Petra war seinerzeit hingerissen von dem Auftritt und es gelang ihr tatsächlich in den Backstagebereich vorzudringen, um ihr neues Idol persönlich kennenzulernen. Die Newcomerin fühlte sich damals geehrt, dass sich jemand so für sie interessierte. Im Überschwang der Begeisterung gab sie der Postbeamtin die Telefonnummer ihrer Eltern, die in Braunschweig lebten. Schnell stellten sich für Jana erste musikalische Achtungserfolge ein. Eine Teilnahme an den *Deutschen Schlagerfestspielen* brachte ihr einen fünften Platz ein. Der damals bekannteste Produzent und Komponist Horst Schlüssel nahm sie unter seine Fittiche und schrieb maßgeschneiderte Lieder für sie, die zwar noch nicht den ganz großen Durchbruch brachten, aber Jana Levin fand regelmäßig im Fernsehen statt und wurde für Galas gebucht. Immer wenn sie irgendwo in der Nähe von Rüsselsheim auftrat, ließ Petra alles stehen und liegen und war zur Stelle. Anfänglich schmeichelte das der Sängerin, im Lauf der Jahre überschritt sie aber immer wieder ihre Kompetenzen, indem sich der Mega-Fan als beste Freundin ausgab. Bei manchen Events wurde sie sogar von den Veranstaltern als Managerin bezeichnet, dem die Rüsselsheimern natürlich nicht widersprach. Janas erster Ehemann Brian erkannte das sehr schnell und bezeichnete sie als Landplage, woraufhin er damals eine Geheimnummer beantragte, die Petra wohlweislich nicht mitgeteilt wurde. Von Anfang an sammelte sie alles über ihren Star, was sie aus Zeitschriften und Magazinen bekommen konnte, hatte mittlerweile an die hundert Ordner zu Hause mit Berichten, Kritiken und Homestorys. In ihrer Dreizimmerwohnung war ein Raum ausschließlich für das Sammelsurium eingerichtet. Das Aushängeschild war ein Starschnitt aus der *Bravo,* das seit fünfzig Jahren an der Wand prangerte. Andere Interessen, Freunde oder sogar einen Partner hatte die Pensionärin nicht, es gab für sie immer nur Jana Levin. Brian sah die Verbindung zu ihr damals schon als problematisch und sagte oft zu seiner Frau: „Das Wort Fan kommt von fanatisch, genau das ist diese Frau!" Dass auch Jana manchmal von ihr gestresst war, ließ sie die Anhängerin aber nicht fühlen. Obwohl sie heute manchmal meint, dass sie die Reißleine schon früher hätte ziehen sollen. Ganz ehrlich war die Sängerin nicht. Sie verhielt sich zu fast jedem gegenüber freundlich und machte auch hin und wieder Versprechungen. Insgeheim aber ging ihr vieles auf den Keks, wenn Fans ihr zu nahekamen und Grenzen überschritten.

Eigentlich war Petra eine bemitleidenswerte Person. Sie fristete ein fast einsames Leben in Rüsselsheim. Zu einer Beziehung oder gar Ehe war es nie gekommen. Äußerlich war sie nicht sonderlich ansprechend, ihre Art sich zu kleiden würde man in Hamburg als trutschig bezeichnen. Nur ein einziges Mal hatte sie eine Affäre mit einem angeheirateten Verwandten, was sie ganz offen kundtat. Selbst Jana fiel das damals auf, dass ihre Anhängerin aufblühte. Ihre große Chance sah sie dann Mitte der 1990 er Jahre. Oliver Lauenstein leitete den Fanclub der Künstlerin, hatte aber irgendwann beruflich keine Zeit mehr dafür und übertrug die Leitung an Petra. Von da an kannte die Euphorie der ehemaligen Postbeamtin keine Grenzen mehr. Sie lief zu Hochform auf, organisierte Fanclubtreffen, wurde ab und zu als Fahrerin für Jana tätig und spielte sich bei Veranstaltungen wie eine Managerin auf. Wenn Jana nach den Auftritten um Autogramme gebeten wurde, verwies sie die Anhänger in ihre Schranken. Als Margarete Loew, die lange Janas Sekretärin war, das bemerkte, kam es zu einem handfesten Streit der beiden Frauen. Da man nie einen Mann an Petras Seite sah, hielt sich das Gerücht im Fanclub hartnäckig, dass die Leiterin wohl eher Frauen zugeneigt oder asexuell sei. Sie lebte eben für Jana Levin.

Natalie Krone hatte nun alle Aufzeichnungen ihrer Gespräche mit Jana beisammen, trotzdem fiel es ihr schwer, alles in die richtige zeitliche Reihenfolge zu bringen. Obwohl sie nach Janas Ausführungen wenig Lust hatte mit Petra Kontakt aufzunehmen, griff sie zum Telefon. Schon bei ihrer Begrüßung war die Angerufene voll im Bild. „Ach, das ist ja schön, dass Sie sich melden, Jana hat mich schon informiert, dass Sie Hilfe brauchen!", schrie sie fast in den Hörer. „Unangenehme Stimme!", durchfuhr es die Redakteurin. Sie brauchte der Fanclubleiterin immer nur kurze Informationsbrocken hinzuwerfen und schon hatte das wandelnde Jana-Levin-Lexikon eine Antwort parat. „Brauchen Sie denn auch Bildmaterial?", erkundigte sich Petra zögerlich. „Auf jeden Fall, aber wir müssen das Copyright abklären!" „Wieso das denn? Auf allen Fotos ist doch Jana zu sehen!" „Sorry, aber Sie scheinen keine Ahnung davon zu haben, in welche Schwierigkeiten uns eine Veröffentlichung bringen kann." „Na gut, da kennen Sie sich besser aus, ich stelle alles zusammen und schicke es ihnen per Post!" Dann war das Gespräch beendet. „Ging ja, aber die möchte ich nicht ständig um mich haben!", seufzte Natalie laut.

Obwohl sich Jana beruflich zurückgezogen hatte, stand immer noch das letzte Fanclub-Treffen aus, das wegen der Pandemie bisher nicht hatte stattfinden können. Auch Oliver Lauenstein hatte von dem Projekt erfahren und war interessiert daran teilzunehmen. Er rief Jana an, die ihn aber an Petra verwies. Zögerlich meinte er, dass er diese Frau nicht anrufen möchte. „Doch doch mach mal, die hat so viel für mich und mein Buch getan!" „Ich auch!", entgegnete Oliver barsch und legte auf.

Dann schrieb er Petra eine Mail und teilte ihr seine Teilnahme mit. Die Antwort kam prompt. Die Rüssels heimerin teilte ihm mit, dass er sowieso keines der

Mitglieder mehr kennen würde und dass der Zeitpunkt und Ort noch nicht feststehen würden. Oliver sollte aber trotzdem informiert werden. In ihm kamen dunkle Gedanken auf. Mit Schaudern erinnerte er sich an eine Situation, in der Petra ihre Intriganz ausspielte und versuchte, einen Keil zwischen ihn und Jana zu treiben. „Na, die hält doch bestimmt nicht Wort!", schwante es ihm.

Ein paar Monate später kehrte Jana Levin noch einmal auf die Bühne zurück. Für ein kurzes Engagement im *Deutschen Theater* in München hatte sie eine Neben- rolle in einem Musical übernommen. Natürlich reiste auch Petra an. Oliver hatte gerade vor Ort zu tun und wollte sich die Premiere nicht entgehen lassen. Ge- langweilt stand er vor dem Theater und rauchte eine Zigarette als ihm jemand von hinten auf die Schulter klopfte. Als er sich umdrehte, erblickte er Petra, die ihn umarmen wollte. Schroff wies er sie mit einer ab- weisenden Handbewegung zurück: „Vorsicht, Corona gibt es immer noch!" Dann drehte er sich um und ver- schwand in der Menge. Nur wenig später traf Oliver auf Ludwig und Michael aus Celle, die er noch aus al- ten Zeiten als Fans von Jana kannte. „Warum warst Du nicht beim letzten Fanclub-Treffen vor vier Wochen in Bremen?", begrüßte ihn Michael. Oliver entgleisten die Gesichtszüge und er zischte: „Dieses Miststück!"

Nach der gelungenen Premiere saß er in seinem Hotel- zimmer und ärgerte sich immer noch über diese Frau. Kurzerhand schrieb er ihr eine Mail:

„Hallo Petra,

ich hatte Dich ja vor ein paar Monaten kontaktiert, da ich am Clubtreffen in Bremen teilnehmen wollte. Wie ich jetzt erfahren habe, hat das bereits stattgefunden. Informiert wurde ich darüber nicht! So kennt man Dich, jedenfalls ich! Sollten wir uns zukünftig noch mal irgendwo begegnen, sprich mich bloß nicht wieder an, wie am Montag in München!

Arme Petra!"

Diese Erzählung hat sich verselbstständigt und ist von A bis Z erfunden, von einem Freund und mir. Manchmal entwickeln wir den Plot heute noch weiter. Es ist eine erneute Spin-Off-Story meines Romanes „Erzwungene Liebe". Die darin auftretende Elsa Boulanger spielt eine Nebenrolle mit viel unfreiwilliger Komik. Das hat mich gereizt, ihr hier noch einmal einen Text zu widmen. Diese Kneipe in Barbecke hätte es durchaus geben können. Beim Schreiben ging mir immer wieder Brechts „Bilbao-Song" durch den Kopf

Mänhätten in Barbecke

Bis zum Beginn der 1990 er Jahre betrieben Karl, genannt Kalle, und seine Frau Martha eine Kneipe auf dem Land in Barbecke, einem kleinen Dorf zwischen Hannover und Braunschweig. Kalle Rundstück hatte den Laden von seinen Eltern nach dem Krieg übernommen. Schon in den 1920 er Jahren galt das damalige Ausflugsrestaurant *Zum Goldenen Kranze* als beliebte Adresse für Wochenendausflügler. Es bot eine reichhaltige Speisekarte, die Ausstattung konnte als gehoben bezeichnet werden. Während der Kriegswirren, gelang es Kalles Mutter Erna nicht das Restaurant allein weiterzuführen. Ihr Mann Herbert fiel im Februar 1945 an der Ostfront. Der Sohn war gerade neunzehn Jahre alt, die Schule hatte er mit Ach und Krach hinter sich gebracht. Anfänglich lief alles ganz gut. Kalle zeigte ein gewisses Geschick als Gastwirt, Erna unterstützte ihn, wo sie nur konnte. Natürlich lief der Betrieb nicht mehr wie früher, aber Mutter und

Sohn hatten ihr Auskommen. Bereits zu dieser Zeit fiel einigen Besuchern und auch der Mutter auf, dass Kalle selbst wohl sein bester Kunde sei. Morgens stand er in der Küche und bereitete Gerichte vor, der Verkauf des Mittagstisches lief gut, die einfachen Speisen waren bei der Dorfbevölkerung beliebt. Den Nachmittag verschlief er meistens. Abends stand er dann bis weit nach Mitternacht hinter der Theke und warf eine Runde nach der anderen. Bei den Männern aus der Umgebung hatte sich Kalles Großzügigkeit schnell rumgesprochen. Zusehens wurde die Kneipe jeden Abend voller, aber die wenigsten zahlten ihre Zeche. Der Wirt trank natürlich jedes Mal mit. Volltrunken fiel er jede Nacht ins Bett und hinterließ unten einen Saustall. Erna, die jetzt schon an die sechzig war, regte sich regelmäßig darüber auf, war aber auch nicht in der Lage etwas zu unternehmen, um dem Spuk ein Ende zu bereiten. Eines Morgens schrie sie ihn an: „Du lässt dich jeden Tag volllaufen, hinterlässt hier unten ein Schlachtfeld, ich schaue mir das nicht länger an! Mach, was du willst, aber ich gebe jetzt eine Stellen anzeige auf, damit du Unterstützung erhältst!" Verkatert hörte sich der Sohn das Gezeter seiner Mutter an, sagte aber nichts. Ihm war schon klar, dass er den Betrieb ohne die Alte nicht allein aufrechterhalten konnte. Wie Erna angekündigt hatte, schaltete sie eine Annonce für die Stelle einer Kellnerin und Küchenhilfe. Die Anzahl der Bewerberinnen blieb überschaubar, das heißt, es meldete sich eine einzige Kandidatin, Martha Blaumeyer.

Auch wenn der Lebenslauf und das Anschreiben massive Rechtschreibfehler aufwiesen, war Erna erfreut, als dieses Fräulein Blaumeyer aus dem Nachbarort sich vorstellte. Frau Rundstück nahm das Mädchen ziemlich ins Kreuzverhör. Kalle saß stumm daneben und war verzaubert von diesem jungen Ding, dass seiner Mutter Rede und Antwort stand. Für Ernas Geschmack war Martha zu aufreizend angezogen, sie zeigte mehr als sie verdeckte von ihren körperlichen Reizen. Ihre Ausdrucksweise war gewöhnungsbedürftig. Sie verwechselte ständig Mir und Mich, das Wort Scheiße gehörte zu ihrem Grundvokabular und sprach die Rundstücks mit Ihr und Euch an. „Sie schreiben hier in Ihrer Bewerbung, dass Sie eigentlich Tanzöse werden wollten, was darf ich mir darunter vorstellen?", fragte die Alte. „Na ja, ich wollte nach 'n Ballett, aber meine Eltern fanden das blöd und haben es nicht erlaubt!" „Na gut, Fräulein Blaumeyer, versuchen wir es miteinander. Sie kommen dann ab morgen, zunächst für vier Wochen zur Probe!"

Als die Bewerberin den Raum verlassen hatte, sah Erna ihren Sohn scharf an: „Lass sie bloß in Ruhe, ich habe gemerkt, wie du sie angestarrt hast und nur auf ihren tiefen Ausschnitt fixiert warst!" Betont gelangweilt entgegnete Kalle nur ein „Ja ja!"

Tatsächlich trat Martha am kommenden Tag pünktlich ihre neue Stelle an. Wieder wurde sie von Frau Rundstück von oben bis unten gemustert. „Sie gehen sofort wieder nach Hause und ziehen sich dezenter an, wir sind hier kein Nachtclub!", fuhr sie das Mädchen an. „Aber, ich dachte euch würde das so gefallen!" „Nichts da, schleich dich und sei in einer Stunde wieder hier!" Erna war selbst über ihren eigenen Ton verwundert ärgerte sich, dass sie sich auf das Sprachniveau ihres Gegenübers eingelassen hatte. Tatsächlich erschien die Neue nach einer Stunde wieder und trug einen Pullover und einen Midirock.

Die nächsten Wochen liefen zwar nicht so, wie man sich das gewünscht hatte, aber Martha überstand die Probezeit. Frau Rundstück fiel auf, dass ihr Sohn abends weniger trank, was wohl Marthas Verdienst sein musste. Irgendwann sah die Alte aber ein, dass es Kalle erwischt hatte. Er wurde freundlicher, trank weniger und fiel nicht mehr jeden Abend sturzbetrunken ins Bett. Er war verliebt und das junge Mädchen erwiderte das Gefühl heftig.

1959, nur ein Jahr nach dem Tod der Alten, heirateten Martha und Kalle. Drei Jahre später kam die erste Tochter zur Welt, die den Namen Elsa erhielt. Schon in der Grundschule stellte sich heraus, dass sie nicht die hellste Kerze auf der Torte war. Obwohl sie erst mit fast sieben Jahren eingeschult wurde, musste sie die erste Klasse wiederholen. Mit zehn Jahren wurde sie auf die Sonderschule nach Peine geschickt. Die Ehe von Kalle und Martha befand sich dadurch in einer Krise. Er begann wieder zu trinken und sie schien ihrem früheren doch recht freizügigem Leben wieder Gewicht zu geben. Immer wenn sie sich abends mit einem sehr freizügigen Dekolleté hinter der Theke den Männern präsentierte, gab es hinterher Krach. Einmal hatte Kalle seine Frau dabei erwischt, wie sie einem Fernfahrer auf die Toilette folgte. Er sah rot, wartete aber einen Moment, dann riss er die Tür auf und fand seine Gattin in den Armen des Fremden. Kalle schlug den Typen einfach zu Boden, Martha suchte das Weite. Später im Schlafzimmer kam es aber zur großen Versöhnung, die nicht ohne Folgen blieb.

Im darauffolgenden Jahr wurde die zweite Tochter geboren. Da Martha ja ursprünglich zum Ballett wollte, sollte das Mädchen auf den Namen Giselle getauft werden. Kalle, der jetzt schon vormittags trank, meldete das Kind auf dem Standesamt an. „Wie soll das Baby denn nun heißen?", fragte die Beamtin. „Giselle!", entgegnete der Vater gereizt. „Welche Schreibweise, schreiben Sie das bitte auf?", erkundigte sich die Frau abermals und schob ihm ein Stück Papier und einen Kugelschreiber über den Schreibtisch. Kalle kritzelte „Gisel" darauf und schob den Zettel zurück. Die Beamtin runzelte die Stirn und meinte: „Sehr ungewöhnlich, aber es ist ihre Entscheidung!" Fortan hieß das Kind also Gisel Rundstück.

Auch sie entwickelte sich nicht nach Wunsch. Mit einem Jahr fiel sie von der Wickelkommode und zog sich dadurch einen bleibenden Hirnschaden zu. Auch Elsa, die inzwischen dreizehn Jahre alt war, hatte wohl die Gene ihrer Mutter geerbt. Das Mädchen steckte in der

Pubertät und begann diese auszuleben. Ihre schulischen Leistungen waren nach wie vor eine Katastrophe. Sie beschäftigte sich am liebsten mit sich selbst und war entzückt über ihren Busen, der kontinuierlich wuchs. Als ihr Vater wieder einmal betrunken in der Küche saß, kam Elsa nur mit einem Bikinioberteil und einem zu kurzen Rock herein. Das machte Kalle so an, dass er seine Tochter bat, sich bei ihm auf den Schoß zu setzen. Elsa dachte sich wahrscheinlich nichts dabei und erfüllte seinen Wunsch. Als er ihr unter den Rock griff juchzte sie. Martha betrat gerade noch rechtzeitig den Raum, sah was passierte und griff nach einer dreckigen Pfanne, die sie ihrem Mann über den Schädel schlagen wollte. Sie verfehlte ihn nur knapp, aber Kalle sank zu Boden. Dann füllte sie den Kochtopf mit kaltem Wasser und goss ihm dieses ins Gesicht. Von einem Moment zum anderen war er wieder nüchtern und stammelte etwas von „Entschuldigung". „Was entschuldigst du dich, du Idiot, fass unsere Tochter nie wieder an!" Dann packte sie Elsa und schloss sie in ihrem Zimmer ein. Zwischen Martha und Kalle herrschte wochenlang Funkstille.

Als Elsa siebzehn war, verließ sie die Schule und sollte fortan in der Kneipe helfen. Widerwillig tat sie das auch, träumte aber insgeheim von einer Karriere als Singerine, wie sie es selbst bezeichnete. Immer wenn sie davon anfing und ihre Mutter damit nervte, sagte diese schroff: „Ich konnte auch keine Tanzzöse werden!"

Mit der Kneipe ging es immer mehr bergab. Als Martha 1978 mit ihren beiden Töchtern den Film *Saturday-Night Fever* sah, kam ihr eine Idee und sie teilte Kalle mit, dass sie aus dem Laden eine Disco machen wolle. Sein eintöniger Kommentar war lediglich: „Mach doch, was du willst, geht eh alles den Bach runter!" Ohne die Räumlichkeiten groß zu säubern oder zu renovieren, überzog sie das Mobiliar mit Alufolie und klebte Glitzersteine darauf. Das Schild über der Eingangstür *Zum Goldenen Kranze* überpinselte sie mit schwarzer Farbe und schrieb mit Goldbronze *Mänhätten,* in Anlehnung an den Film, darüber. Zu guter Letzt stellte sie die alte Stereoanlage aus dem Wohnzimmer in den Gastraum. Der Erfolg des Unternehmens ließ auf sich warten. Die Jugendlichen des Dorfes fuhren lieber in die nahe gelegene Großstadt als sich in einem Bauernbums zu amüsieren. Martha sah sich das nicht lange an. Nach zwei Jahren verwandelte sie den Laden erneut und verkaufte nun Pommes Frites und Currywurst.

Elsa hatte sich auch aus dem Staube gemacht und lebte in Berlin in fragwürdigen Verhältnissen, über die man in Barbecke nicht sprach. Gisel ist in einem betreuten Wohnheim in Oldenburg. Kalle starb Anfang der 1990 er Jahre an seiner Alkoholsucht. Auch Martha hatte stark abgebaut. Fast noch bis zur Jahrtausendwende betrieb sie den Imbiss mehr schlecht als recht. Sie erkrankte an Demenz und lebt jetzt, über hundertjährig, in einem Pflegeheim in Ilten. Oft steht sie nachts auf, zieht sich an und versucht, zurück nach Barbecke zu gelangen. Der Kontakt zu Elsa ist so gut wie abgebrochen. Meistens ist sie sowieso vor ihren Gläubigern auf der Flucht oder steckt in anderen Schwierigkeiten. Wenn sie sporadisch ihre Mutter im Heim besucht, schweigen sich beide wie Fremde an. Dann schlägt Elsa, die sich jetzt Boulanger nennt, die Beine übereinander, steckt sich eine Zigarette an und stöhnt laut: „Ich kann es nun nicht mehr!"

Der nachfolgende Text ist bewusst wie ein Artikel einer
Zeitung in einer Kleinstadt geschrieben worden

Nicht nur nach den Sitzungen

Die folgende Geschichte hat sich vor fast fünfzig Jahren in einer deutschen Kleinstadt zugetragen beziehungsweise regelmäßig wiederholt. In einem weitaus größeren Rahmen und auf höherer Ebene bei sogenannten Geschäftsmeetings passiert das aber heute noch. Die Gazetten wittern dann wieder einen Skandal und oft rollen auch irgendwelche wichtigen Köpfe.

Wie üblich stand für Ultimo die monatliche Sitzung der kleinen Genossenschaftsbank an. Gisi, die ältliche Sekretärin von Walter Wengler, wusste an diesen Tagen nicht, wo ihr der Kopf stand. Neben der normalen Arbeit für ihren Chef, musste sie die abendliche Konferenz für den Aufsichtsrat und den Vorstand vorbereiten. Schon Tage vorher kopierte sie Protokolle und Unterlagen, bestellte das Catering und legte die Sitzordnung fest. Bis zur Erschöpfung legte sie sich für ihren Direktor ins Zeug. Jedes Mal hoffte sie von ihm gelobt zu werden. Wengler galt als launisch, hartherzig und streng. Jeder seiner Mitarbeiter hatte einfach zu funktionieren. Unterliefen denen Fehler, kannte er kein Pardon. Der jeweilige Kollege musste sich dann in einem Zwiegespräch Unverschämtheiten anhören, die auch zum Teil unter die Gürtellinie gingen. Nicht selten kamen Kolleginnen mit verheultem Gesicht aus diesem Verhör.
Wengler war bei den meisten Mitarbeitern gefürchtet und unbeliebt. Aber es gab ein paar Ausnahmen.

Wenn er an jemandem einen Narren gefressen hatte, konnte er charmant und verbindlich sein, machte auch keinen Unterschied, ob es nun ein Mann oder eine Frau war ...

Die Runde der meist älteren Männer, die dem Aufsichtsrat angehörten, waren in der Regel Landwirte aus der Umgebung, die die ländliche Provinz eigens für diesen Zweck verließen und „zur Stadt" fuhren, wie sie es nannten. Man konnte sie auch als Bonzen bezeichnen, da sie von Finanzgeschäften eigentlich wenig Ahnung hatten, aber immer ihren eigenen Vorteil sahen als Mitglied des Aufsichtsrates. Natürlich kamen auch Geschäfte und Zusagen zustande auf diesen Treffen. Manch einem der Anwesenden war es recht, dass diese durch Handschlag besiegelt wurden. Kreditverträge wurden Tage später, ohne große Prüfung der Bonität, unterzeichnet. Es lief ja immer alles glatt.

Für einen Außenstehenden müssen diese Abende etwas Skurriles gehabt haben. Der holzgetäfelte Sitzungssaal war binnen kürzester Zeit vom Rauch der Zigarren vernebelt. Die Stimmung uferte aus, mal durch lautstarkes Gelächter aber auch durch gegenseitiges Anpöbeln. Der Bierkonsum beschleunigte das vielfach. Nachdem der offizielle Teil beendet war, wurde noch gemeinsam gegessen und weitergetrunken. Kurz vor Mitternacht machte Wengler dann immer den Vorschlag sich mit Taxen in die nahegelegene Großstadt kutschieren zu lassen, um dort das Nachtleben zu genießen. Nicht selten hatte der Vorstandsvorsitzende dann eine Handvoll der Männer im Schlepptau, die den Rotlichtbezirk ansteuerten. In der dortigen *Villa D'Amour* war Wengler ein gern gesehener Gast. Die Damen des Hauses begrüßten ihn mit Vornamen, küssten ihn und freuten sich jedes Mal über die späte Kundschaft. Auch der eine oder andere ältere Herr war inzwischen Stammgast geworden. Natürlich hielt der Bankdirektor an diesem Abend alle frei, offiziell wurde das dann in der Bank als Bewirtungskosten der Aufsichtsratssitzung verbucht. Wengler ging dabei ziemlich geschickt vor, wie er meinte. Er zahlte die Damen mit einem Euroscheck und schrieb eine ungerade Summe darauf aus. Da der Datenschutz damals noch nicht so ausgeprägt war wie heute kam alles schnell ans Tageslicht. Die Konten sämtlicher Angestellten wurden zusammen mit denen der normalen Kunden in der Genossenschaftsbank disponiert und geführt. Das monatliche Gehalt zahlte Gisi aber in Papiertüten in bar aus. Schließlich sollte niemand wissen, was der andere verdient. Belastungen durch Euroschecks wurden den Mitarbeitern der Buchhaltung aber direkt vorgelegt. Sie amüsierten sich jedes Mal, wenn für Wenglers Konto eine Belastung in Höhe von zum Beispiel DM 102,50 vorgelegt wurde. Die Gruppenleiterin kicherte dann: „Aha, es war mal wieder so weit DM 2,50 für Spray und Körperlotion!" Es war auch damals noch üblich, dass der Einreicher des Schecks auf der Rückseite unterschreiben musste. So wurde dann sichtbar, dass zum Beispiel eine Signatur von einer „Inge mit gemaltem Herzchen" darauf zu finden war. Ein weiteres Indiz für die Herkunft! Trotzdem traute sich niemand die Sache öffentlich auszusprechen, schließlich unterlag man ja der Schweigepflicht.

Wie schon erwähnt, war dieser Walter Wengler ambivalent. Tagsüber erfüllte er seine Pflicht mit eiserner Härte. Es passierte nicht selten, dass er morgens relativ gut gelaunt zur Arbeit kam. Kurze Zeit später passierte etwas, was seinen Zorn auslöste, das konnte auch die Fliege an der Wand sein. Abends nach der Arbeit musste er zwangsläufig ein Ventil öffnen und aus seiner Rolle schlüpfen. Dabei halfen ihm Alkohol und andere Gelüste. Die Vermutung liegt nahe, dass er sein enges Korsett öffnete und die Dienste einer Domina in Anspruch nahm. Aber auch dem eigenen Geschlecht war er zugewandt. Ein junger Sachbearbeiter genoss seine Gunst, er wurde von ihm gefördert, später sogar sein Assistent. Leider waren Wenglers Bemühungen bei ihm vergebens, denn er interessierte sich nicht für Männer. Die Auszubildende Gesine Keppler begegnete ihm auf ihrem Weg in die Bank, als er morgens um halb acht eine Kneipe verließ, die von zwei Schwulen betrieben wurde. Auch ihr Chef bemerkte sie, griff sie an den Schultern und drohte ihr einen Eintrag in die Personalakte an, sollte sie irgendwelche Gerüchte verbreiten.

Es gab aber auch eine Seite an diesem Mann, von der niemand wusste. Seit Jahren engagierte er sich für ein katholisches Waisenhaus und ließ nicht unbeträchtliche Beträge dorthin fließen. Die Oberin sprach ihn immer wieder darauf an, das einmal öffentlich im Beisein der Presse zu tun. Wengler lehnte das strikt ab. Es war ihm unmöglich und er wollte nicht von seiner selbstaufgebauten Machtposition abweichen. In dem Banker musste eine tiefe Angst verwurzelt sein, dass diese Umkehr in seinem Leben zwangsläufig zu einem Ende des bisher Erreichten führen könnte. Aristoteles nannte so etwas Peripetie. Aber Wengler hat die Möglichkeit zur Wandlung nicht genutzt.

Ein paar Jahre später hatte der Direktor allerdings den Bogen überspannt. Nach einer nächtlichen Sauftour fanden ihn Spaziergänger völlig derangiert im Stadtpark liegen. Sie alarmierten Krankenwagen und Polizei. Jetzt hatte die Kleinstadt ihren Skandal. Das Ende einer klassischen Tragödie. Die örtliche Tageszeitung walzte alles groß aus. Walter Wengler war nicht mehr tragbar, der Genossenschaftsverband enthob ihn seines Amtes. Man war aber so kulant, dass man ihm einen Job als Disponent in einer anderen Stadt anbot. Als er verabschiedet wurde, ging ein Raunen durch die Belegschaft, viele konnten sich ihrer Schadensfreude nicht entziehen.

Wie eingangs in dieser Geschichte erwähnt, gibt es diese Wenglers bis heute. Damals mögen die Beträge, die verprasst wurden, noch belächelt worden sein, heute spielt sich das in ganz anderen Dimensionen ab und bleibt ungeahndet. Aber wir verfolgen gerade den ersten Akt.

Das kann jedem passieren, niemand ist davor gefeit. Trotz gut funktionierender Ehe oder Beziehung, kann – manchmal aus einer Laune heraus – alles erschüttert werden

Nur eine Affäre?

Jetzt waren Mark und Anne schon fünfzehn Jahre zusammen, beide hatten die fünfzig gut überschritten. Dass sie immer noch eine Fernbeziehung führten war nichts Außergewöhnliches. Ein Freund der beiden bezeichnete die räumliche Entfernung als Frischhaltefolie für die Beziehung. Anne wirkte als freie Journalistin in München, Mark lebte in Hannover und war bundesweit als IT-Spezialist unterwegs. Da die Entfernung gut per Flug zu überbrücken war, sahen sie sich oft. Es gab also keine Veranlassung etwas zu verändern. Anne fühlte sich in der bayrischen Metropole wohl, sie schrieb für die *Abendzeitung* Kolumnen und berichtete über Wirtschaft und Politik. Mark empfand seine regelmäßigen Ausflüge immer wie einen Kurzurlaub. Obwohl der erste Tag in der anderen Stadt zwar keine Startschwierigkeiten mit sich brachte, hatten die Treffen der beiden immer etwas von einem Neuanfang. Man war sich nicht fremd und doch lebte jeder der beiden für sich ein Singleleben, wenn er wieder allein war. Natürlich liebten sie sich, er empfand das damals zunächst als harte Arbeit, sich beständig auf eine Partnerin einzulassen. Aber es funktionierte. Im Gegensatz zu anderen Paaren ihres Alters hatten sie sich einfach immer noch etwas zu sagen und sich mit sich auseinander zu setzen. Die Schnittmenge ihrer gemeinsamen Interessen war groß. Sie unternahmen gern Bergwanderungen, gingen oft ins Theater oder Kino und kochten viel gemeinsam oder segelten neuerdings auf dem Maschsee.

In den letzten Monaten nahmen die Arbeitsaufträge von Mark massiv zu. Das spülte zwar jede Menge Geld in die Kasse, hatte aber den Nachteil, dass er seine Frau nicht mehr in der Regelmäßigkeit sehen konnte, wie er wollte. Wenn er abends kaputt vom Tag in seiner viel zu großen Wohnung in Kirchrode saß, kamen neuerdings Zweifel auf, ob seine augenblickliche Lebenssituation wirklich noch zu ihm passen würde. Anne gegenüber erwähnte er davon aber nichts. Wenn beide miteinander telefonierten hatte sie hin und wieder das Gefühl, dass sich gerade etwas verändert in ihrem Zusammenleben auf räumliche Distanz. Die Zweifel verflogen aber, wenn sie sich wiedertrafen. Gelangweilt verbrachte Mark so manchen Abend vor seinem Laptop, schaute *Netflix* oder spielte irgendwelche Computerspiele. Wirklich bei der Sache war er nicht. Kürzlich entdeckte er beim Surfen im Netz ein Forum, das sich *Singlecontacts* nannte. „Was es alles so gibt?", grinste er. Nicht wirklich interessiert durchforstete er Seiten. Plötzlich verharrte er mehrere Minuten vor dem Foto einer Frau. Das Bild war untertitelt: Angela (38) sucht „Angelo". Mark war angefixt, er wollte mehr über diese Angela erfahren. Sie war bildhübsch und erinnerte ihn an seine Jugendliebe Carola. „Mist, ohne einen Account zu eröffnen, komme ich jetzt nicht weiter!" Er las sich die Spielregeln dieser Internetseite durch, dann eröffnete er ein Profil, das er „Kram" nannte. „Hm, sicher nicht sehr originell seinen Namen einfach von hinten zu verwenden!" Ein paar persönliche Angaben wie Alter, Aussehen, Interessen machte er natürlich auch. Auf die Frage, was er denn suche, schrieb er einfach „Nur eine kleine Affäre". Als er sich entscheiden sollte ein Gesichtsbild hochzuladen zögerte er. Schließlich entschied sich Mark für ein Bild aus dem letzten Urlaub am Gardasee. Als das System fragte, ob er den Schnappschuss versteckt oder öffentlich präsentieren möchte, entschied er sich erst einmal anonym zu bleiben. Binnen weniger Minuten war er nun ein User bei *Singlecontacts*. Dann ging er abermals auf das Profil von Angela und schrieb ihr: „Hallo, ich bin Mark, Anfang fünfzig und finde dein Bild sehr ansprechend. Es erinnert mich an jemanden, den ich mal sehr mochte." Seine Hand zitterte leicht als er auf Senden drückte. Minutenlang passierte gar nichts. Wie in Trance starrte er auf den Bildschirm. Ein Jingleton riss ihn aus seiner Benommenheit. Dann folgte die Ansage „Sie haben neue Nachrichten". Angela hatte geantwortet: „Hallo Mark, schön, dass du dich meldest. Du kannst mich ja sehen, ich dich leider nicht, das ist für mich überhaupt eine Voraussetzung, dass wir miteinander schreiben!" Wieder ließ er einige Zeit verstreichen und überlegte, ob er jetzt schon sein Bild schicken solle. Es klingelte zum zweiten Mal, Angela schrieb „Noch da?". Dann fasste sich der User ein Herz und schickte der Frau sein Konterfei. Die Erwiderung ließ nicht lange auf sich warten. „Interessanter Mann!" „Phrase oder meint sie das tatsächlich?" Er antwortete: „Danke, kann das Kompliment nur zurückgeben an eine schöne Frau!" „Charmeur!" „Nein ich meine es ernst, du siehst toll aus!" Dann passierte minutenlang gar nichts. Mark legte nach und sendete

„Noch da?" „Ja, ich telefoniere gerade, dauert nicht lange, melde mich gleich."

Er stand auf, um sich aus dem Kühlschrank ein Glas Wein zu holen. Als er zurückkam lagen fünf neue Nachrichten vor. Akribisch und fast wahrheitsgetreu beantwortete er Angelas Fragen und fügte seine hinzu. Jetzt hatten sie sich schon eine halbe Stunde ausgetauscht, als er sie fragte, ob sie Lust hätte zu telefonieren. Er war überrascht als die nächste Mail ihre Telefonnummer enthielt mit dem Zusatz „Ja, bitte jetzt!" Wieder zitterte seine Hand als er die Zahlen in sein Smartphone tippte. Es klingelte nur zweimal. „Hallo Mark, schön dass du dich meldest!". Der Anrufer vernahm eine warme Stimme, die das Foto von vorhin perfekt ergänzte. Angela machte überhaupt keinen nervösen oder unsicheren Eindruck, was ihn zu dem Gedanken brachte: „Macht die das häufiger?" Diese Frage traute er sich aber nicht zu stellen. Sie redeten über eine Stunde über ihre Lebensumstände, die Arbeit, Hobbys und vieles mehr. Schnell stellte sich eine Vertrautheit ein. Angela, die in Hildesheim wohnte und dort als Pflegedienstleiterin in einem Krankenhaus arbeitete, erzählte ihrem Gesprächspartner aber auch, dass sie gebunden sei. Ihr Freund, mit dem sie seit einigen Jahren zusammen war, sei im Harz beheimatet, man sähe sich eben so oft wie es möglich sei und es die Arbeit erlaube. „Bingo! Meine Freundin lebt in München!", lachte Mark in den Hörer. „Oh, das ist weit und wie lebt ihr das?" „Ich sagte dir ja, dass ich beruflich in ganz Deutschland unterwegs bin, das lässt sich gut verbinden!" „Verstehe!" Jetzt nahm der Softwareentwickler seinen ganzen Mut zusammen.

„Wie sieht es zeitlich bei dir aus? Hildesheim Hannover ist ja von der Entfernung her überschaubar." Zögerlich antwortete sie, dass sie zwar nächste Woche Urlaub habe, dann aber zu einer Freundin nach Berlin reisen wolle und in der Woche darauf sei sie bei ihrem Freund im Harz. „Na dann muss ich mich wohl noch ein wenig gedulden." „Es wird schon bald möglich sein, dass wir uns sehen!", warf Angela ein. Mark schaute zur Uhr. „Oh, schon halb zwölf, ich muss morgen um sechs aufstehen, da ich beruflich nach Bremen fahre." Danach verabschiedeten sie sich. An diesem Abend schlief er mit einem Lächeln ein.

In den nächsten zwei Wochen chatteten sie regelmäßig bei *Singlecontacts*. Der doch eigentlich anonyme Kontakt wurde vertrauter. Wenn Mark mit Anne telefonierte, gab er sich viel Mühe aufgeschlossen zu sein, er wollte keinen Argwohn aufkommen lassen. Da seine Freundin gerade in ein aufwendiges Projekt eingebunden war, fiel ihr das nicht auf. Am kommenden Wochenende flog er zu ihr. Alles schien ihm wie immer zu sein. Er hatte versucht Angela aus seinen Gedanken zu verdrängen, aber es gelang nicht. Immer wieder schrieben sich die beiden WhatsApp-Nachrichten. Anne war zu beschäftigt, dass ihr das nicht auffiel. Nach einer Woche musste Mark nach Stuttgart und wollte von da aus zurück nach Hannover. Der Kontakt zu Angela wurde täglich intensiver. Sie chatteten im Forum, telefonierten ab und zu. Zu Hause angekommen, schrieb er ihr eine WhatsApp: „Wann sehen wir uns?" Die Antwort kam prompt: „Kommenden Donnerstag, wenn du Zeit hast, lass uns heute Abend kurz telefonieren."

Tatsächlich verabredeten sich die beiden zu dem vorgeschlagenen Termin. Es waren ja noch drei Tage Zeit, doch die Nervosität von Mark wuchs. An diesem besagten Donnerstag stand er den ganzen Tag neben sich. Wie ein Verrückter putzte er die Wohnung, obwohl die Zugehfrau am Mittwoch erst da gewesen war. Pünktlich um neunzehn Uhr klingelte Angela an seiner Haustür. Er atmete tief durch bevor er den Türöffner betätigte. Als sie seine Wohnung betrat umarmte er sie flüchtig. Mark war perplex und dachte: „Die sieht ja noch viel besser aus als auf dem Foto!", ließ ich aber nichts anmerken. Außerdem mochte er ihren Geruch, das leicht blumige Parfum, das sie umgab.

„Ich hatte dir ja versprochen zu kochen, es ist alles fertig!" „Oh, ich hoffe, du hattest nicht zu viel Aufwand!" „Das ist eine Leidenschaft von mir, ich betätige mich gern am Herd, aber für mich allein macht das wenig Spaß." „Verstehe, geht mir auch so." In der Küche standen sie sich gegenüber, Mark konnte sich des Anblicks dieser Frau nur schwer entziehen. „Was möchtest du trinken?" „Ein Glas Weißer wäre schön!" „Bingo, trinke ich auch am liebsten!" Kurz darauf prosteten sie sich mit einem Grauburgunder zu und lächelten sich an. „So nimm schon mal Platz, ich serviere jetzt die Vorspeise!" „Toll, Feldsalat mit Obst und gerösteten Pinienkernen, ich liebe so etwas!", entzückte sich Angela.

Die Stimmung beim Essen war ungewöhnlich vertraut, was Marks doch vorhandene Nervosität abklingen ließ. Nach dem Hauptgang machte er den Vorschlag ins Wohnzimmer zu gehen. Kurz darauf fanden sie sich auf der riesigen Couch wieder und redeten einfach weiter, als würden sie sich schon ewig kennen. Mark erfuhr viel aus dem stressigen Krankenhausalltag und war teilweise geschockt, wie das Personal dort ausgebeutet wurde. Angela bewunderte die beruflichen Reisen ihres Gesprächspartners. Hätte den beiden jemand zugesehen wie in einem Film, hätte er gedacht, dass es jetzt jederzeit zur ersten Kussszene führen müsse. Mark verspürte diesen Wunsch ganz deutlich, gab aber nichts preis. Die Couch war so groß, dass viel Abstand zwischen den beiden bestand. Sie saß mit verschränkten Armen in der einen Ecke, Mark versuchte es so lässig wie möglich auf der anderen Seite. Inzwischen waren sie beim dritten Glas angekommen. Die Zeit verging wie im Fluge. Er himmelte diese Frau an und fragte sie plötzlich, ob er sie küssen dürfe. „Darauf warte ich schon den ganzen Abend!" Sie fielen sich in die Arme und ließen der Leidenschaft freien Lauf. Minuten später fanden sie sich im Schlafzimmer wieder. Als sie sich weit nach Mitternacht verabschiedeten war Mark unfähig wieder allein ins Bett zu gehen. Er Zog seinen Bademantel an und ließ sich von klassischer Musik berieseln, trank noch ein Glas Wein und war glücklich.

Die nächsten Tage kam es zu keinem Kontakt. Er traute sich nicht sie anzurufen oder ihr zu schreiben, wollte nicht aufdringlich erscheinen. Angela hatte ja angedeutet, dass die kommende Zeit im Hospital stressig sein würde, da viele Kollegen ausgefallen waren. Nach und nach kam der ITler aber wieder zu sich, da auch er beruflich sehr ausgelastet war. Nach einer Woche hielt er es nicht mehr aus und schrieb ihr eine

WhatsApp: „Ich hoffe, du bist neulich gut nach Hause gekommen. Ich möchte dich wiedersehen!" Die Antwort dauerte nur ein paar Sekunden: „Unbedingt!" Sie schrieb ihm dann, dass sie im Krankenhaus viele Schichten gemacht habe, nun ein paar Tage frei hätte und bei ihrem Freund in Goslar sei. Er war nicht enttäuscht: „Okay, das würde ich auch so machen, bei dem Dienstplan. Hätte ich mehrere Tage frei, wäre ich bei Anne!"

In den kommenden drei Wochen schrieben sich Angela und Mark täglich oder telefonierten, nach Absprache. Er war etwas verwundert, dass sie so frei aus dem Harz sprechen konnte. Sie erklärte das damit, dass ihr Freund ebenfalls beruflich stark eingebunden sei, außerdem wäre er nicht der Typ, der sie ständig kontrollieren würde. Das leuchtete ihm ein.

Wieder stand ein Flug nach München an. Dieses Mal hatte er mit Anne aber lediglich drei Tage. Gewissensbisse plagten ihn. „Ich bin so ein Arschloch, es war ein One-Night-Stand, mehr nicht! Ich habe eine wunderbare Frau an meiner Seite und doch kriege ich Angela nicht aus dem Kopf!" Als er sie in Hildesheim anrief, bat er um einen Tipp: „Wie kriege ich dich aus dem Kopf?" „Ach, ich bin doch nichts Besonderes!", kam es lakonisch zurück. Mark versuchte zu relativieren: „Jeder ist etwas Besonderes!" Es fiel ihm auch auf, dass die Telefongespräche mit ihr anders waren als die direkte Unterhaltung, aber dem wollte er nicht viel Gewicht geben. Es gibt eben Menschen, die am Hörer anders sind als im direkten Gespräch. Hier in München schien ja auch alles in Ordnung zu sein. Jeder ging seinem Job nach, abends kochten sie zusammen, gingen am letzten Abend sogar in die Oper.

Mark galt immer als introvertiert, gab wenig von sich preis anderen gegenüber. Er pflegte seit ein paar Jahren eine Freundschaft zu dem Arztehepaar Kai und Nina. Heute hatten sie sich zum Essen beim Italiener verabredet. Schon bei der Begrüßung fiel Nina eine Veränderung an Mark auf und sie fragte ihn, was denn los sei. Zögernd und umständlich fing er an zu erzählen. Beide waren ganz Ohr. In einem minutenlangen Monolog berichtete er von den Ereignissen der letzten Wochen. „Und weiß Anne davon oder ahnt sie etwas?", unterbrach ihn Kai scharf. „Nein, ich glaube nicht, ich weiß ja selbst nicht so genau, was gerade mit mir passiert." Dann ergriff Nina das Wort: „Ihr seid doch weit über zehn Jahre zusammen, was hat denn diese Angela, dass Anne nicht hat?" „Ich weiß es nicht, verdammt noch mal!" Dann herrschte Stille am Tisch. Der Kellner servierte das Essen, es dauerte einige Minuten bis die Unterhaltung wieder in Fahrt kam. „Es gibt ja heute diesen neuen Begriff Freundschaft Plus, versuch doch mal darüber nachzudenken, wenn du überhaupt schon so weit bist und dir im Klaren sein kannst, was du denn überhaupt willst!", wandte sich Kai an Mark. Alle drei sahen sich betroffen an. Der Abend war irgendwie gelaufen. Man aß zusammen, tauschte noch ein paar Nettigkeiten aus, aber das sonst so gemütliche Beisammensein fand nicht statt. Tags drauf rief Mark seinen Freund Robert an, der bekannt dafür war, nichts anbrennen zu lassen. Auch er riet ihm alles langsam angehen zu lassen, was der Betroffene damit kommentierte, das ihm das jetzt auch nicht weiterhelfen würde. Am Abend bat er Angela um ein Gespräch. Sie meldete sich, Mark war so sehr erfreut darüber: „Wann können wir uns sehen? Ich kann auch gern zu dir nach Hildesheim kommen!" Von seiner Euphorie überrascht, lud ihn die Anruferin für übermorgen Abend zu sich ein. „Ach Sweetheart, das ist ja super, ich freue mich riesig!" „Dito!". Dann war das Gespräch beendet.

Leider war der übernächste Tag voll mit Terminen für Mark. Er hatte Schwierigkeiten alles zu koordinieren und war unkonzentriert. Sichtlich genervt fuhr er am Abend nach Hildesheim und überlegte immer wieder, ob es nicht besser wäre wieder umzudrehen und zu Hause zu bleiben. Mark wollte sich, nach den Überflutungen des Tages, niemandem mehr aussetzen. Trotzdem fuhr er weiter. Obwohl er sich in Hildesheim nicht auskannte führte in sein Navi direkt zur angegebenen Adresse. Er kam zwanzig Minuten zu früh an und blieb noch einige Zeit im Auto sitzen. „Man kann auch zu früh quasi zu spät kommen!", ging es ihm immer wieder durch den Kopf. Außerdem hatte er Prinzipien. Wenn nur ein Glas Alkohol getrunken wurde, war das Autofahren hinterher tabu. Das hatte er Angela auch erklärt. Außerdem hatte er eine Unmenge an Fragen im Gepäck und er wollte von seinem Gefühlsleben erzählen. Fünf Minuten vor dem Termin klingelte er, sogleich wurde geöffnet. Zur Begrüßung küsste er sie, legte seine Jacke ab. Dann standen sie sich gegenüber und redeten. Mark konnte zusehen und spüren, wie sich seine Nervosität legte. „Was diese Frau so alles ausmacht!", dachte er. Immer wieder suchten beide die Körpernähe des anderen. Angela hatte ein kleines

Abendessen vorbereitet. Es war ähnlich wie beim ersten Mal, nur viel vertrauter. Wieder redeten sie über alle möglichen Themen, stellten fest, dass sie einen fast identischen Musikgeschmack haben auch das Thema Urlaub und Reisen wurde angeschnitten. Als ihm Angela einen Wein anbot, grinste er und sagte: „Dann kann ich nicht mehr fahren, wir hatten doch darüber gesprochen!" Sie lächelte nur und Mark nahm einen Schluck vom Weißen.

Der Abend verlief sehr harmonisch. „Darf ich dir ein paar Fragen stellen?", fiel Mark seinem Gegenüber plötzlich ins Wort als sie von ihrem Freund sprach. „Alles, was du möchtest!" „Bist du glücklich in deiner Beziehung?" Angela legte ihre Stirn in Falten und sah ihn an. „Oder besser zufrieden?" Sie tat sich schwer mit einer Antwort. „Nein, nicht wirklich!", platzte es aus ihr heraus. „Wir sind jetzt seit ein paar Jahren zusammen. Sexualität gibt es nicht mehr zwischen uns. Alles was ich für ihn und mich organisiere, wie ein Konzertbesuch oder mal ins Kino, gehen macht er zwangsläufig mit, lässt sich aber hinterher negativ darüber aus. Er interessiert sich hauptsächlich für sich selbst. Ich komme mir manchmal überflüssig in seiner Gegenwart vor, bestenfalls wie ein schmückendes Beiwerk. Das ist mir auf Dauer zu wenig. Vielleicht trenne ich mich bald von ihm!" Mark war geschockt: „Warum machst du das mit?" „Weil es eine Verbundenheit gibt, die sich schlecht erklären lässt. Er ist nicht gesund, hat Morbus Chron, das ist heimtückisch. Leider lebt er nicht danach. Das macht mir Sorgen." „Ja, redet ihr denn nicht miteinander?" „Doch schon, aber wenn ich gewisse Dinge anspreche, rastet er aus!" Er sah sie jetzt eindringlich an und sagte leise: „Ich weiß nicht, was mit mir los ist, ich glaube ich bin ein bisschen verliebt in dich, das ist nicht schlimm. Aber was du mir gerade erzählt hast macht mich etwas sprachlos!" „Wie sieht denn die Beziehung zu deiner Freundin aus?" „Weißt du, nach fünfzehn Jahren schleift sich einiges ab, aber es ist nach wie vor eine soziale Treue da, wir reden auch viel, können so immer wieder Dinge ausräumen oder korrigieren!" „Ich wäre ja dazu bereit mit Eberhard zu sprechen, aber er will nicht!" Inzwischen waren sich die beiden nähergekommen, immer wieder umarmten und küssten sie sich. „Es ist ja noch gar nichts passiert zwischen uns aber du bist mir nicht gleichgültig!", gab ihr Mark zu verstehen. Nach weiteren Offenbarungen und wirklich mutigen Aussagen konnten beide die Ebene dieses Gespräches verlassen. Mark atmete tief durch. Via *Alexa* ließen sie sich noch von Musik berieseln und genossen die Zweisamkeit. „Brauchst du eigentlich ein eigenes Kopfkissen? Ich habe auch nur eine große Bettdecke", warf Angela plötzlich ein. „Kopfkissen wäre schön. Gemeinsam unter einer Decke habe ich noch nie geschlafen!" „Wenn wir uns aneinander kuscheln ist das kein Problem!" Es war bereits halb zwölf als sie ihm mitteilte, dass sie morgen schon um sechs Uhr früh bei der Arbeit sein müsse. „Oh ja, es wird Zeit, ich putze mir mal die Zähne!" „Du kannst danach direkt ins Schlafzimmer gehen, ich komme auch gleich, dauert nicht mehr lange!", erklärte ihm Angela. Als er in ihrem Bett lag fühlte er sich wohl. Ob sie gleich noch in seinen Armen versinken würde, war gar nicht wichtig. Er genoss die Atmosphäre. Dann schlüpfte sie zu ihm unter die Decke. Die Leidenschaft verbrannte sie.

Sie waren beide am nächsten Morgen vor dem Klingeln des Weckers wach. Mark stellte sich schlafend. Während sie sich im Bad zurecht machte stand er auf und zog sich an. Mit einem Lächeln küsste sie ihn als sie das Zimmer wieder betrat. „Guten Morgen, hast du gut geschlafen?" Er entgegnete: „Bestens, ich hoffe, ich habe dich nicht gestört!" „Ganz im Gegenteil!" Kurz darauf verließen beide die Wohnung. Auf der Rückfahrt nach Hannover war Mark wie ausgewechselt. Er war ruhig und zufrieden mit sich selbst. So mochte er sich. Gott sei Dank lagen für diesen Tag nicht viele Termine vor. Als er wieder in seiner Wohnung war, kochte er sich einen Kaffee und ließ seine Gedanken minutenlang schweifen. „Ach, ich möchte häufiger in so einer Verfassung sein, man müsste das irgendwie festhalten!", dachte er. Dann suchte er nach Papier und schrieb Angela einen Brief. Ohne den Text noch einmal zu lesen steckte er alles in einen Umschlag, versah diesen mit ihrer Anschrift und brachte ihn sofort zum Briefkasten.

Im Laufe des Tages kamen Zweifel in ihm auf, ob das mit dem Brief richtig gewesen sei. Ein Telefongespräch mit Anne verlief etwas unschön, sie beschwerte sich, ihn gestern Abend nicht erreicht zu haben. Mark erklärte das mit Übermüdung, ganz wohl war ihm nicht dabei. Da der Tag nicht sonderlich ausgefüllt war, hatte er viel Zeit nachzudenken. Nachmittags saß Mark in seinem Lieblingscafé, war aber unkonzentriert und wirkte wohl etwas traurig. Dem Kellner Olli fiel das auf, er kannte ihn seit Jahren. „Ist etwas nicht in Ordnung?" „Hm, ja und nein, aber ich kann jetzt nicht darüber sprechen." Als er am Abend wieder zu Hause

war überkam ihn eine Traurigkeit. Er hatte völlig un-
logische Gedanken: „Oh je, wenn ich mit dem Brief
jetzt bloß nicht alles zerstört habe oder war es das jetzt
schon, habe den ganzen Tag kein Lebenszeichen von
ihr gehört!" Dass sie den Brief noch gar nicht erhalten
haben konnte, lag außerhalb seiner Vorstellungskraft.
Dann ging er ins Bett.

Am folgenden Vormittag erreichte ihn die inzwischen
vertraute WhatsApp, die sich für den lieben Brief be-
dankte.

Ich beobachte gern, kann ohne Weiteres stundenlang in einem Café sitzen und die Szenerie auf mich wirken lassen. Ab und zu werde ich zum Eulenspiegel und halte den Menschen den Spiegel vor, greife in das Geschehen ein. Natürlich ist mir klar, dass das nicht ganz in Ordnung ist, aber etwas Amüsement sei doch bitte erlaubt. Wenn zusätzlich noch Realsatire, Slapstick und Entertainment geboten wird, ist es perfekt

Theater im Café – Eintritt frei

Ich hatte mich so auf ein paar freie Tage gefreut. Seit Wochen hielt mich meine Arbeit fest im Zaum. Nicht das mir das viel ausmachte, aber die ungewöhnliche Hitze in den ersten Junitagen lähmte mich ein wenig. Ich freute mich auf Touren mit dem Fahrrad zum See, wollte dort entspannen. Jetzt regnete es und es hatte sich merklich abgekühlt. Missmutig saß ich am Küchentisch und überlegte nach einem Ersatzprogramm. „Wie lange war ich schon nicht im *Größenwahn* gewesen?", schoss es mir durch den Kopf. Ich liebte dieses Café in der Altstadt, es bot immer viel Abwechslung und Kurzweil. Erinnerungen an Zeiten, in denen ich dort fast täglich einkehrte, kamen auf. Jetzt war es kurz vor elf. „Hm, für ein Frühstück ist es zu spät, für ein Mittagessen zu früh." Dennoch bekam ich Lust und machte mich auf den Weg dorthin.

Als ich eintraf hatte der Regen nachgelassen, dessen ungeachtet war die Terrasse des Cafés verwaist und wenig einladend. Also bewegte ich mich ins Innere des Lokals. Mit ausgebreiteten Armen und sichtlich erfreut mich zu sehen kam mir der Chef Max entgegen: „Du warst ja eine Ewigkeit nicht hier, wir haben uns schon Gedanken gemacht!" „Ich habe viel gearbeitet und war danach immer zu kaputt fürs Privatleben." „Willst du dort am Fenster sitzen?" Max kannte meinen Lieblingsplatz genau. So etwas weiß ich wirklich zu schätzen. In Gedanken verloren hängte ich meinen feuchten Sommerparka über die Stuhllehne, was dem Inhaber Falten auf die Stirn trieb. Mit erhobenem Zeigefinger drehte er sich wieder zu mir. „Wir haben dafür eine Garderobe, wie sieht denn das aus, wenn das hier jeder machen würde!", mahnte er mit gespielt gereizter Stimme. Er kleidete seine Position aus wie ein Intendant in der Oper. „Das Stück scheint ja schon in vollem Gange zu sein!" amüsierte ich mich, ohne etwas zu sagen, hängte dann aber meine Jacke artgerecht auf. Dann watschelte die dicke Erna auf mich zu, trotz ihrer Körperfülle, versuchte sie elegant zu tippeln und machte vor mir fast eine Pirouette zur Begrüßung. „Was darf ich dir bringen?" „Gib mir erst mal die Karte und einen doppelten Espresso!" Da sie oft etwas vergaß oder verwechselte schrieb sie sich meine Bestellung auf ihren Notizblock. „Warum grinst du so?" Ich ließ ihre Frage im Raum stehen. Mir war klar, dass es einige Zeit dauern würde, bis mein Wunsch erfüllt werden würde. Also ließ ich meinen Blick durch das Café schweifen und ergötzte mich, wie jedes Mal, an der Eleganz der Einrichtung: Kristalllüster an der Decke, weiße Damast Tischdecken, silberne Kerzenhalter, riesige Vasen gefüllt mit weißen Rosen, die mit ihrem intensiven Duft den Raum füllten. Alles wirklich sehr erlesen und doch mit einem Hauch von Talmi. Natürlich waren die Kerzenhalter bestenfalls versilbert, die Tischdecken waren aus Baumwolle und der

Lüster war etwas in die Jahre gekommen und verstaubt. Also viel Kulisse, wie im Theater.

Fritzi, die Stellvertreterin und Ehefrau von Max, stand verträumt hinter der Theke und polierte akribisch Gläser, gleichzeitig benetzte sie ihre Lippen ständig mit der Zunge. Ich konnte mich dieses Anblicks nicht entziehen. Jetzt trafen sich unsere Blicke, wir lächelten uns an. Erna versperrte mir plötzlich die Sicht auf den Tresen und stellte mir einen Milchkaffee vor die Nase „Ich hatte einen doppelten Espresso bestellt!" „Oh, tausche ich sofort um, Momentchen!" Völlig ungeniert und ohne Entschuldigung zog die Kellnerin ab. Wäre sie älter als Mitte dreißig, käme ihr die Rolle der *Komischen Alten* zu. Fritzi goutierte den Fauxpas ihrer Angestellten lediglich mit einem Achselzucken und lächelte mich aus der Ferne weiter an. Mit einem Stirnrunzeln erwiderte ich ihre Geste.

Die Gäste am Nachbartisch waren gerade gegangen. Erna räumte alles ab, die verbleibenden Krümel vom Frühstücksbüfett pustete sie einfach weg und zog das Tischtuch mit der Hand glatt. Die *Komische Junge* baute ihre Rolle aus. Hier wurden einem wirklich bestes Entertainment geboten.

Zwei Tische weiter saß nun ein Mann mit zwei Frauen, deren Unterhaltung immer lauter und intensiver wurde. Anscheinend war die eine der beiden Damen seit ein paar Monaten verwitwet. „Ach Astrid, das tut mir immer noch so grenzenlos leid mit Robert." Die mitleidigen Worte wollte Astrid aber anscheinend gar nicht hören, einen traurigen Eindruck machte die Anfang Fünfzigjährige nicht. Sie lächelte etwas zaghaft: „Ich muss euch etwas erzählen oder gestehen!" Der Mann und die Frau runzelten die Stirn und schwiegen. Astrid schien ihr Herz auf der Zunge zu tragen: „Ich habe jemanden übers Internet kennengelernt, einen Architekten aus Goslar, er heißt Florian!" Plötzlich wurde die Stille ihrer Gesprächspartner laut und schien Minuten zu dauern. „Ja, meine Liebe bist du denn schon so weit. Robert ist doch erst sechs Monate tot?" Der Mann zwischen den beiden Frauen schwieg beharrlich. „Liebe passiert, da kann man gar nichts machen, ich bin megaglücklich!" Ich hätte fast aufgelacht, war aber neugierig auf die Konversation der drei Personen. Jetzt konnte ich alles klar und deutlich verstehen, ich bekam Lust diese Astrid auf die Schippe zu nehmen, zückte mein Smartphone und googelte nach einem Architekten Florian in Goslar. Bingo, es gab nur eine Person, auf die die Beschreibung passte, er besaß sogar eine eigene Homepage. Ich habe seit Jahren eine Mailadresse, die ich für Spaßzwecke benutze, nenne mich da einfach Michael Müller. Sogleich verfasste ich eine Mail an diesen Florian und beglückwünschte ihn zu seiner neuen Herzdame. Die Antwort ließ nicht lange auf sich warten. Florian schrieb verwundert zurück, fragte, wer ich denn sei. Ich erklärte ihm, dass ich Astrid gut kennen würde und mich so für sie freue. Dann verebbte der Mailverkehr. Kurz darauf klingelte Astrids Handy. „Florian, schön dass du dich meldest. Ich sitze gerade mit Heinz und Brigitte im Café und erzähle von dir!" Die Stimme am anderen Ende hielt ihr nun wohl gerade eine Standpauke. „Verdammt noch mal, ich kenne keinen Herrn Müller!" Dann drückte sie das Gespräch einfach weg. „Mir wird heiß und kalt, jemand hat Florian erzählt, was ich euch gerade berichtet habe, mir macht das Angst!" „Beruhige dich bitte Astrid, dir läuft momentan das Herz über. Brigitte und ich werden nicht die einzigen sein, denen du von deinem Florian erzählt hast!" „Nein, ich muss jetzt los, fahre nach Goslar. Wie stehe ich sonst da!" Hysterisch forderte sie die Rechnung. Max kassierte höchstpersönlich und fragte, ob etwas nicht in Ordnung gewesen sei. „Ach, lassen Sie mich!" dann stand sie auf und bewegte sich zum Ausgang. Dabei streifte sie leicht meinen Arm. „Grüßen Sie Florian!", warf ich ihr zu. Sie drehte sich noch einmal um. „Sie kennen ihn?", fauchte sie mich an. „Jetzt schon!" Dann war sie verschwunden. „Aha, heute Szenen aus *Die lustige Witwe!*"

Jetzt wackelte Erna endlich mit dem doppelten Espresso an. „Und schon was gefunden in der Karte?" Meine plötzliche gute Laune konnte sie nicht deuten auch nicht, dass ich nicht antwortete. „Dann lass dir halt noch Zeit." Langsam füllte sich der Laden, es war Mittagszeit. Obwohl ich nicht alle Gäste namentlich kannte erwiderte ich die Begrüßungen mit einem Nicken. Erna bot weiterhin Slapstick vom Feinsten. Das Aufräumen und Reinigen der Tische wiederholte sie auf ihre Art immer wieder. Einige ältere Damen rümpften die Nase. Die Buchhändlerin von nebenan, die auch Stammgast war, raunzte sie an: „So eine Sauerei!" Die Kellnerin nahm es ohne die Miene zu verziehen zur Kenntnis. Mindestens einmal täglich ließ sie auch ein ganzes Tablett fallen. Das Geschepper klang dann wie ein Paukenschlag aus dem Orchester. The show must go on! Der nächste Programmpunkt wiederholte sich auch immer wieder gern. Aus der Küche war das heftige Wortgefecht zwischen dem Koch und Max zu vernehmen. Der Küchenchef kochte zweifelsohne fantastisch, hinterließ aber jedes Mal Sodom und Gomorra. Max regte sich ständig darüber auf. Ich empfand das immer wie ein Hörspiel, das zusätzlich in diesem Theater gegeben wurde. Die Szene endete immer gleich. Erst rannte der aufgebrachte Koch durch das Café und Max hechtete ihm hinterher. Draußen zündete er sich eine Zigarette an, sein Chef beschimpfte ihn weiter. Spätestens in dreißig Minuten kam es aber immer bei den beiden zum Happy End. Auch heute war das wieder so, das wird en Suite gespielt, leidenschaftlich!

Jetzt hielt Birgit Metzger-Hochheim Hof und steuerte auf mich zu. Sie betrieb eine Praxis für Fußpflege, die ganz gut florieren musste. Man durfte sie durchaus zur Bussi-Bussi-Gesellschaft der Stadt zählen. Zur Begrüßung hauchte sie mir links und rechts auf die Wange. Mir ist so etwas unangenehm, hatte ihr das auch mal gesagt, aber sie blieb beratungsresistent und küsste weiter. Im Schlepptau hatte sie ihre neueste Eroberung. Der Typ war zirka zehn Jahre jünger als sie und hatte etwas von einem Gebrauchtwagenhändler oder Makler. Lange hielten sich die Typen eh nicht an ihrer Seite. Sie liebte die Abwechslung ihrer Lebensabschnittsgefährten. Birgit stellte ihn mir auch kurz vor, aber es war nicht wichtig sich den Namen zu merken. Nebenrollen sind im Theater auch unwesentlich. Gott lob dauerte die Begegnung nur ein paar Sekunden, da sie ja noch andere Verpflichtungen im Lokal hatte.

Erna lief nun zur Höchstleistung auf, schleppte ein Tablett nach dem anderen mit Speisen und Getränken zu den Tischen und triefte im eigenen Saft. Immer wieder tupfte der Hilfskellner Victor ihr mit einer Serviette die feuchte Stirn ab, alles musste perfekt wirken. Im richtigen Theater werden die Akteure schließlich auch abgepudert.

Inzwischen war es halb zwei. Ich bestellte einen Nizza-Salat und gönnte mir die erste Weinschorle des Tages. Auch das dauerte wieder seine Zeit, aber ich hatte ja Unterhaltung. „Die spielen hier tatsächlich durchgehend, ohne Pause!"

Oh Wunder, meine Bestellung kam nach fünfzehn Minuten, das war neuer Rekord. Dafür lobte ich Erna. „Ach, du bist der Erste, der mir heute etwas Nettes sagt." „Mache ich doch gern!" Draußen hatte sich der Regen gelegt und die Sonne trat hervor. Ich verspürte Lust meinen weiteren Aufenthalt draußen zu verbringen. „Du willst schon gehen?", rief Fritzi mir überrascht zu. „Nein, ich setze mich jetzt nach draußen!" „Können wir dir noch etwas bringen?" „Ich melde mich dann schon."

Auf der Terrasse war es herrlich, die frische Luft tat gut. Einige der Gäste folgten meiner Idee, so konnte das Stück gern weiterlaufen. Plötzlich erblickte ich Bettina, die mich ebenfalls küssend begrüßte. Auch mit ihr habe ich so meine Schwierigkeiten, sie ist einfach in allem was sie tut und sagt maßlos. Als Abteilungsleiterin einer Versicherungsagentur steht sie natürlich auch in der Öffentlichkeit. Hier im *Größenwahn* gibt sie gern Gastspiele. Oft enden diese peinlich, aber in einer guten Komödie darf nichts unausgesprochen bleiben. Wenn sie im Laufe des Nachmittages einige Gläser getrunken hat, wird sie etwas laut und ordinär. Dann fallen schon mal Sätze wie „Mein Alter bringt es nicht mehr" oder sie wendet sich an irgendeinen Tischnachbarn und sagt: „Sehen Sie den Typen da drüben, der hat einen so dünnen Anzugstoff, dass man genau sieht wie groß sein bestes Stück ist!" Wenn auch so etwas völlig aus dem Rahmen fällt, hat sie die Lacher meistens auf ihrer Seite. Heute blieb sie verdächtig ruhig und verweilte auch nicht lange, schade eigentlich.

Seufzend führte ich das Glas Weinschorle an meine Lippen, wieder war ich nur Beobachter und nicht Akteur gewesen.

Mir sind immer wieder Menschen begegnet, die für ihre Karriere alles machen, sie gehen über Leichen und sehen nur ihren eigenen Vorteil. In erster Linie waren es Frauen, die sich von Kindheit an durchsetzen mussten gegen einen strengen Vater oder gegen aufgestellte Regeln. Im Beruf sehen sie jede Kollegin als Konkurrentin. Aber auch Männern gegenüber nehmen sie keine Rücksicht. Auch ich wurde von solchen Exemplaren nicht verschont

Vom Ehrgeiz zerfressen

Schon die Kindheit von Ursula Walter war hart. Anfang der 1980 er Jahre wurde sie in eine wohlhabende Familie hinein geboren. Fünf ältere Brüder waren bereits vorhanden, als Frau Walter mit zweiundvierzig feststellte, dass sie erneut schwanger war. Ihr Mann tobte, als er die Nachricht erhielt. Er wollte mit fast fünfzig kein sechstes Kind und zwang seine Frau etwas dagegen zu unternehmen. Insgeheim liebäugelte Helene aber mit dem Gedanken endlich eine Tochter zu bekommen, trotzdem wollte sie es mit ihrem Mann nicht auf eine Zerreißprobe ankommen lassen. Ihr Dasein als wohlversorgte Gattin eines Immobilienmaklers war ihr wichtig. Sie begann, keine Rücksicht auf die Schwangerschaft zu nehmen, spielte wie eine Besessene Tennis, trank Wein, überforderte sich wo es nur ging. Eines Abends sprang sie sogar vom Küchentisch, in der Hoffnung dadurch eine Fehlgeburt einzuleiten. Es half nichts, sie blieb hartnäckig schwanger. Irgendwann am Ende der elften Woche war es für einen Abbruch zu spät. Zähneknirschend tolerierte Herbert

Walter den Zustand seiner Frau, sah aber einem sechsten Kind mit Unmut entgegen.

Im Januar 1983 stand die Niederkunft in Mainz an. Alles lief unproblematisch. Helene Walter bekam eine Tochter, sie war selig! Das Kind wurde auf den Namen Ursula Cindy Johanna getauft und entwickelte sich prächtig. Schon zu Kindergartenzeiten fiel das Mädchen durch ihre altkluge und besserwisserische Art auf. Ihre älteren Brüder nahmen das Nesthäkchen kaum wahr. Der Vater verlangte Disziplin und erzog sie mit Strenge. Von ihrem Durchsetzungsvermögen könnten ihre Lehrer im Gymnasium heute noch ganze Bücher schreiben. Ursula oder Uschi, wie sie genannt wurde, hatte immer nur den Willen ihrem Vater zu gefallen. Gerade das machte alles so schwer. Immer häufiger stellte ihre Mutter fest, dass das Kind wenig Lebensfreude hatte und nur arbeitete und lernte. „Du wirst deinem Vater immer ähnlicher.", meinte sie oft besorgt. Das Abitur bestand sie dann mit der Note 1,2, aber für ein Studium seiner Tochter wollte Herbert keinen Pfennig investieren. Stattdessen machte sie eine Ausbildung zur Kauffrau für Büromanagement bei *Boehringer* im benachbarten Ingelheim. Spaß machte ihr das nicht, sie hätte lieber Medizin oder Biologie studiert, was ihr aber versagt blieb. Natürlich durchlief sie diese Lehre auch mit Bravour und wurde von der *IHK* als Jahrgangsbeste ausgezeichnet. Mit nur einundzwanzig Jahren wurde sie Gruppenleiterin in der Personalabteilung. Die Karriere verlief rasant. Nebenher absolvierte sie ein Fernstudium in Betriebswirtschaft und kletterte die Karriereleiter immer wieder ein Stück nach oben. Mit dreißig wurde sie Assistentin der Geschäftsführung und begegnete dem Finanzchef Christian Ahlers in den sie sich Hals über Kopf verliebte. Er schenkte ihr keine Beachtung. Sie setzte alles daran seine Aufmerksamkeit zu erringen, stellte ihm nach, kannte seine privaten Termine. Es passierte mehrfach, dass sie abends in ein Restaurant in Mainz ging, wo er mit Geschäftsfreunden einen Tisch reserviert hatte, doch bis auf freundliches Nicken erntete sie nichts.

Da sie ihr Leben lang nur kämpfen musste und sich so etwas wie ein stählernes Korsett zugelegt hatte, hatte sie ihre soziale Kompetenz Kollegen gegenüber auf Null gefahren. Uschi sah immer nur ihr persönliches Vorankommen. Zugegeben, sonderlich hübsch war sie nicht, ihr Kleidungsstil war altbacken und wirkte wie aus einem Theaterfundus. Kollegen tuschelten und machten sich lustig hinter ihrem Rücken. Es sah aber wirklich merkwürdig aus, wenn sie im zu kurzen Faltenrock und roten Strümpfen im Büro erschien. Im Winter musste sie wohl in der Mottenkiste ihrer Großmutter gewühlt haben, erschien sie doch eines Tages mit einem Persianer-Krägelchen am Hals, dass eine uralte Brosche zusammenhielt. Da Uschi oft in Hektik verfiel, roch sie streng nach Schweiß. Ihre Mitarbeiter störte das zwar, aber niemand traute sich ihr etwas zu sagen. Schließlich hatte sie ja beste Verbindungen nach ganz oben. Besonders arg wurde es immer, wenn die Assistentin mal in den Urlaub ging und eine Vertreterin ihren Job übernahm. Diese bekam dann tagelange Anweisungen, was sie wie zu tun und zu lassen hatte. Noch schlimmer war dann der

Tag ihrer Rückkehr aus den Ferien. Sie nahm kein Blatt vor den Mund und hielt der Aushilfe schwere Versäumnisse vor. Es fielen auch Sätze wie „darüber hat sich der Kollege Soundso schon bei mir beschwert, ich muss das an die Geschäftsführung weitergeben". Adelheid Hartmann, die das Schreibbüro leitete, platzte eines Tages der Kragen, indem sie Uschi als intrigantes Miststück bezeichnete. Natürlich gab die Walter das auch ungeschminkt weiter. Frau Hartmann erhielt daraufhin eine Verwarnung und musste sich bei ihrer Kollegin entschuldigen.

Ein Jahr später schien Uschi ihren Träumen ganz nahe zu sein, die jährliche Weihnachtsfeier stand an. Alle Vorstandsmitglieder wurden von ihren Ehefrauen begleitet. Christian Ahlers erschien allein. Uschi, die das Fest organisiert hatte, spürte nun, dass ihre große Stunde gekommen war. An der Festtafel platzierte sie sich direkt neben dem Finanzchef. Bezüglich ihres Outfits hatte sie sich von einer Stylistin beraten lassen. Sie trug einen schlichten dunkelblauen Hosenanzug mit weißer Bluse, sehr businesslike. Ihren sonst eher strengen Geruch übertünchte sie mit einem Nobelparfum. Auch ihre früher fettigen Haare ließ sie zu einem flotten Putz schneiden. Sie sah verändert aus. Es wurde viel getrunken an diesem Freitagabend. Gegen Mitternacht waren nur noch ein paar Personen anwesend. Leicht beschwipst wandte sich Ahlers jetzt an seine Tischnachbarin und ließ sich zu dem Satz hinreißen: „Sie sehen völlig verändert aus!" „Gut?", kam ihre Reaktion etwas zu schrill. „Na ja, aus Ihnen kann man was machen!" „Was heißt das, ich bin doch schon jemand!" Christian wendete sich ab, aber sie ließ nicht locker und verwickelte ihn in ein Gespräch, das schnell ins Private abdriftete. Beide Zungen waren vom Alkohol gelockert. Uschi verhielt sich nicht sonderlich diplomatisch und stellte eine indiskrete Frage nach der anderen. Merkwürdigerweise gab Ahlers bereitwillig Auskunft über Familienstand, Beziehungen, Hobbys und Zukunftsplanung. Als er ihr mitteilte, dass er nicht daran denke, irgendwann Kinder in die Welt zu setzen, zuckte sie zusammen. Trotzdem war das Eis gebrochen. Seit einer halben Stunde berührte er immer wieder ihr Knie, was wohl eine Reaktion seines angetrunkenen Zustands war.

Gegen zwei Uhr morgens verließen die beiden das Restaurant und nahmen ein gemeinsames Taxi zu Ursulas Wohnung in der Münsterstraße. Sie wollte sich gerade verabschieden, als er sie fragte, ob er bei ihr noch einen Kaffee trinken könne. Die Assistentin glaubte sich verhört zu haben, antwortete aber mit einem überglücklichen „Ja!". Kurz darauf muss dann wohl alles seinen Lauf genommen haben. Christian Ahlers verließ erst am nächsten Morgen ihr Apartment.

Am Montagmorgen begegneten sich die beiden wieder im Büro. Ahlers blieb sehr förmlich zurückhaltend. Uschi plapperte einfach drauf los und genoss es, jetzt Christian und Du sagen zu können. Das blieb den Kollegen nicht verborgen. In der Mittagspause hatte das Thema schon seine Runde gemacht. In der Kantine ereiferten sich zwei Schreibkräfte darüber. „Dann muss die Alte aber die Abteilung verlassen, das geht ja wohl gar nicht, dass die jetzt als Paar quasi zusammenarbeiten." Woraufhin die andere Mitarbeiterin entgegnete: „Die geht doch über Leichen. Pass mal auf, wir müssen jetzt noch vorsichtiger sein, die spioniert uns aus und gibt ihm alles weiter!"

Uschi und Christian waren nun wirklich ein Paar. Sie spürte aber auch deutlich, dass sie sich mit der neuen Rolle isoliert hatte. Die Kollegen gingen höflicher als früher mit ihr um, teilten ihr auch keinen Tratsch und Klatsch mehr aus der Firma mit. Immer wieder versuchte sie sich in der Kantine beim Mittagessen zu unterhalten. Dann fielen schon mal Sätze wie „Nächste Woche fahren wir zusammen zehn Tage nach Portugal!" Worauf Uschi gefragt wurde, warum denn nur zehn Tage. Sie stöhnte leicht genervt auf und meinte schnippisch: „Länger halte ich es mit dem nicht aus!" Ihr Gegenüber fragte dann ganz trocken, warum sie denn überhaupt zusammen sein würden. Daraufhin meinte sie patzig: „Das geht dich gar nichts an!"

Zwei Jahre waren seit dem Zusammenkommen nun vergangen. Wenn man die beiden im Betrieb als Paar erlebte, konnte jeder sehen, dass etwas nicht stimmte. Unterhielten sie sich, sahen sie sich nicht an und redeten aneinander vorbei. Uschis Wunsch nach Hochzeit und Familie wuchs ständig. Christian blieb hart und reagierte nicht. Nach sechs weiteren Monaten erbte sie ein Grundstück von einer Tante in Weisenau. „Jetzt oder nie!", dachte sie und unterbreitete dem Finanzchef den Vorschlag, dort ein Haus zu bauen. Uschi hatte gewonnen! Er machte ihr ganz formell einen Antrag, den sie jubelnd annahm. Frau Hartmann kommentierte das nur mit: „Und wie lange soll das gut gehen?"

Die Hochzeit wurde mit Saus und Braus gefeiert. Sogar die *Allgemeine Zeitung* berichtete darüber, dass der Finanzchef von *Boehringer* nun unter der Haube sei. Gleichzeitig stand der gemeinsame Einzug in das Weisenauer Haus an. Alles war – oberflächlich betrachtet – perfekt. Aber schon nach sechs Wochen zogen dunkle Wolken am Ehehimmel auf. Christian Ahlers war es nicht gewöhnt, jemanden vierundzwanzig Stunden um sich zu haben, er vermisste auch gewisse Freiheiten und sah die Ehe als Fessel an. Uschi ignorierte das einfach, wollte auch die Realität nicht wahrhaben. Nach einem Streit der beiden, bei dem sie ihm vorwarf, er hätte sie betrogen, zog er aus. Ihr Kartenhaus war zusammengebrochen. Tagelang zog sie sich zurück, heulte, war aber nicht in der Lage den Tatsachen wirklich ins Auge zu sehen. Nach zwei Wochen der Krankschreibung erschien sie wieder in der Firma und suchte sofort das Gespräch mit dem Personalchef Schulz. In kurzen Worten erklärte sie ihm die Umstände ihrer persönlichen Situation und bat um eine Versetzung nach Dortmund. Glücklicherweise war dort eine ähnliche Stelle vakant, so konnte der Wechsel also relativ zügig von statten gehen. Ihrem Noch-Ehemann ließ sie alles über ihren Anwalt mitteilen. Für das neu errichtete Haus fand sich schnell ein Käufer. Nein, sie wollte für den Rest der Zeit in Ingelheim nicht vor ihren Berufsgenossen als die verlassene Ehefrau dastehen. Versuche, mit Kollegen wieder ins Gespräch zu kommen, wurden alle im Keim erstickt. Sie brauchte Genugtuung und änderte ihren Facebook-Account auf den Namen: „Uschi-Ahlers-zukünftig-wieder-Walter".

Auch die nächste Geschichte werden viele erlebt haben.
Plötzlich ereilt einen eine Krankheit und man sucht den
Arzt seines Vertrauens auf, der einen schon jahrelang
behandelt. Über die Ignoranz und das Desinteresse der
Angestellten an den Patienten kann ich mich deshalb
jedes Mal wieder aufregen

Waren Sie schon mal hier?

Seit seinem fünfzigsten Geburtstag vor ein paar Jahren hatte Karsten Rückenprobleme. Meistens ereilte
ihn ein Hexenschuss, wenn er zur Ruhe kam. So hatte
er sich schon manchen Urlaubsbeginn oder einige Wochenenden verdorben. An diesem Montagmorgen öffnete er gegen sieben Uhr seinen Kühlschrank, um etwas fürs Frühstück vorzubereiten, als er aufschrie. Jemand schien ihm mit einem spitzen Messer in den
LWS-Bereich gestochen zu haben. Karsten war von einer Sekunde zur anderen bewegungsunfähig und verharrte in seiner gebückten Haltung. „So ein Mist!",
schrie er laut. Vorsichtig setzte er ein Bein vor das andere und gelangte ins Bad. Behutsam zog er sich aus,
dann der nächste Schritt unter die Dusche. „So heiß
es geht und mit dem stärksten Strahl auf den
Schmerzbereich, das hilft ja meistens!", sprach sich
Karsten selbst Mut zu. Als er kurz darauf wieder festen
Boden unter den Füßen hatte, musste er aber feststellen, dass das Leiden sich noch verschlimmert hatte.
Er trocknete sich ab und humpelte ins Schlafzimmer,
um sich anzuziehen. Das dauerte zwar eine Ewigkeit
aber es gelang. Nur der Akt sich die Schuhe zuzubin-
den, war unmöglich. Kurzentschlossen entschied er
sich für die Hausschuhe.

Alles dauerte unendlich lange, dann griff er zum Telefon und rief seinen Orthopäden Dr. Müller an. „City-Orthopädie Dr. Müller, guten Tag, alle Mitarbeiter sind in einem Gespräch, so bald als möglich werden sie verbunden!", vernahm er eine synthetisch klingende Stimme. „So ein Dreck, Warteschleife!", schrie er. In seiner gekrümmten Haltung verharrte er zehn Minuten, bis sich eine menschliche Stimme meldete: „Kaiser, guten Tag, was kann ich für Sie tun?" „Mertens, guten Tag, ich brauche dringend Hilfe, mein LWS-Bereich tut höllisch weh, ich kann mich nicht bewegen und brauche umgehend einen Termin!", jammerte er in den Hörer. „Oh, das tut mir leid, heute kann ich Ihnen nichts anbieten, frühestens am Donnerstag um elf Uhr, aber Sie müssen mit Wartezeit rechnen!" „Hören Sie mal, es ist ein Notfall, ich kann mich nicht bewegen!", „Wohin strahlt denn der Schmerz aus, haben Sie es schon mit einem Heizkissen versucht und Schmerztabletten genommen?", fragte diese Frau Kaiser und klang dabei wie der Arzt selbst. „Sie haben mich nicht verstanden! Ich kann mich nicht rühren und brauche heute umgehend einen Termin!" „Moment, bleiben Sie dran!" Dann unterbrach die Sprechstundenhilfe das Gespräch und legte Karsten erneut in die Warteschleife, die jetzt von klassischer Musik untermalt wurde. Nach einer gefühlten halben Stunde keifte die Praxismitarbeiterin: „Sind Sie noch da?" „Ja, natürlich!" „Okay, dann kommen Sie gegen zehn Uhr, aber bringen Sie Geduld mit, es ist heute sehr voll!" Dann legte die Dame einfach auf, ohne sich zu verabschieden. Jetzt war es kurz vor neun, zu Fuß bis zur Praxis plante er rund zwanzig Minuten ein. Schleifenden Schrittes ging er auf den Balkon, hielt sich dort am Geländer fest und begann eine Zigarette nach der anderen zu rauchen. Vorsichtig bewegte er sich zur Hauswand, lehnte sich an und fand tatsächlich eine Haltung, die ihn halbwegs schmerzfrei werden ließ. Er schloss die Augen und döste in der Morgensonne, Schmerzen spürte er in dieser Haltung nicht. Karsten befand sich in einem Trancezustand als er gegen kurz vor halb zehn wieder zu sich kam. Schweren Schrittes machte er sich auf den Weg zum Orthopäden.

Tatsächlich kam er zwei Minuten vor zehn dort an und fühlte sich etwas besser, wahrscheinlich hatte der extrem aufrechte Gang geholfen seine Pein zu lindern. Als er im dritten Stock aus dem Fahrstuhl kam, glaubte er seinen Augen nicht zu trauen. Es standen etwa zehn Patienten vor der Eingangstür. Ihm blieb nichts anderes übrig als sich dort einzureihen. Nach und nach lichtete sich die Schlange und tatsächlich hatte er es irgendwann geschafft vor der Rezeption zu stehen. Eine dicke Enddreißigerin war am Telefonieren. Er vernahm Fragmente wie „Ach, Frau von Beisenstein, schön dass Sie sich melden!" „Was haben Sie denn?" „Natürlich haben wir heute noch einen Termin für Sie frei!". Unweigerlich musste er grinsen und dachte: „Oh, das muss wohl auch eine Privatpatientin sein. Nachdem die MTA das Gespräch beendet hatte, wandte sie sich an eine Kollegin und meinte, dass sie jetzt zur Frühstückspause gehen würde. Sie wuchtete ihren massigen Körper vom Stuhl und watschelte davon. Die Anmeldung war jetzt verwaist. Karsten vernahm ein Gegacker und Gelächter von zwei weiteren Angestellten aus dem Raum hinter der Rezeption. Sie

schienen gerade private Wochenenderlebnisse auszu-
tauschen. Jetzt platzte ihm der Kragen, er schlug mit
der Faust auf die Theke und rief: „Hallo, ist hier jemand?" „Komme gleich!", tönte es von hinten von einer
der beiden Schnattergänse. Dann erschien eine junge
Frau, die in Gothic aufgemacht war. Ihre weißen Ar-
beitsklamotten wirkten wie ein Fremdkörper an ihr.
Alles andere war schwarz und düster. Haare, Makeup,
Nasenpiercing und Tätowierungen am Unterarm ließen die Frau wie aus einer anderen Welt erscheinen.
Sie war ihm hier schon häufiger unangenehm aufgefallen. Gelangweilt sah sie den Patienten an und ohne
Begrüßung hauchte sie lediglich: „Ja bitte?" „Mertens,
guten Tag, ich habe einen Termin für zehn Uhr heute!"
„Waren Sie schon mal hier?" In einem Staccato trom-
melten seine Finger auf dem Tresen. „Vielleicht seit
Jahren?" „Ihr Vorname und das Geburtsdatum bitte!"
Karsten gab knapp Auskunft. Während der Datenein-
gabe fiel ihr Blick auf die quietschbunten Fingernägel
ihrer Kollegin. „Wow, wo hast du die denn her?" Das
war der Tropfen, der das Fass zum Überlaufen
brachte. „Haben Sie schon mal was von Höflichkeit
und Kunden- oder Patientenpflege gehört?" Seine Finger hämmerten jetzt bedrohlich. Etwas verschreckt,
aber die Ruhe nicht verlierend, richtete sich ihr Blick
wieder auf ihn. „Sie sehen doch, was hier los ist!" Karsten verdrehte die Augen und dachte nur: „Bleib ruhig!"
„Ich brauche ihre Krankenkassenkarte!", entgegnete
sie keinen Ton höflicher als eben. „Ich bin privat ver-
sichert!" Der Satz verfehlte seine Wirkung nicht! Von
einer Sekunde zur anderen verwandelte sich das
schwarze Etwas in etwas Engelhaftes, fast in eine
barmherzige Samariterin. Ihre Züge um den Mund

schienen plötzlich mit Botox gespritzt zu sein und formten ein falsches Lächeln. „Es wird noch ein Momentchen dauern, aber Sie können schon mal auf dem Gang Platz nehmen, der Doktor wird Sie gleich abholen!", säuselte sie. „Ich kann nicht sitzen!", entgegnete er, aber sie war schon wieder in ein Telefonat vertieft.

Vor dem Behandlungszimmer lehnte sich Karsten an die Wand und fand die Stellung vom Balkon heute Morgen wieder, die die Schmerzen erträglicher machten. Es vergingen wirklich nur ein paar Minuten, bis er aufgerufen wurde. Inzwischen erlebte er das ganze Spektrum der Sprechstundenhilfen an der Anmeldung. Lautstärke, Indiskretionen, Unverschämtheiten das sich fast als Arzt aufspielende Personal hinterließen in Karsten ein Wechselbad der Gefühle von Mitleid, sich amüsieren und Wut. „Wie die mit Menschen umgehen, ohne Worte!", ging es ihm durch den Kopf. Es wurden Namen, Telefonnummern, Krankheitsbilder lautstark an- und ausgesprochen. Er konnte sich auch des Eindrucks nicht erwehren, dass diese Frauen gar keine richtigen Frauen waren, sondern Roboter, die irgendwo einen Chip unter der Haut trugen, der immer wieder die gleichen Sätze von sich gab: „Waren Sie schon mal hier?", „Kasse oder Privat?" „Stimmen die Daten noch?"

Dann stand plötzlich Dr. Müller vor ihm: „Hallo, Herr Mertens, oh wieder das alte Leiden?" Der Patient sah ihn glücklich an und meinte seufzend: „Oh, endlich ein Mensch!" Verdutzt und fragend sah ihn der Arzt an. Dann machte Karsten seinem Ärger Luft und berichtete, was er in der letzten halben Stunde alles erlebt hatte. „Tja, das tut mir leid, aber wir bekommen kein anderes Personal, ich werde noch einmal mit meiner Mitarbeiterin sprechen", entschuldigte sich der Orthopäde. Wie üblich erhielt der Leidende zwei Injektionen und ein Rezept für Schmerztabletten.

Karsten hatte den Behandlungsraum schon verlassen, als er durch die geöffnete Tür die telefonische Aufforderung vernahm, dass die Gothic-Frau unverzüglich zu ihm kommen solle. Kurz darauf rannte diese mit hochrotem Kopf an ihm vorbei und ging ins Arztzimmer. Die Tür vergaß sie hinter sich zu schließen. Der Patient verharrte einen Moment und vernahm die jetzt ungewöhnlich laute Stimme von Dr., Müller: „Das ist nicht die erste Beschwerde über Sie, Frau Peiser. Ich weiß Freundlichkeit ist nicht ihre Stärke, aber ich muss Ihnen sagen, dass mich das im höchsten Maße verärgert, wie Sie mit den Patienten umgehen!" Die Gepiercte blieb ganz still. Ein weiterer Redeschwall ihres Chefs ergoss sich über sie. „Haben Sie das jetzt endlich kapiert?", brüllte er sie nun an. Als Antwort kam lediglich ein patziges „Ja und …" Das reichte dem Arzt wohl denn jetzt wurde er noch eine Spur lauter: „Und merken Sie sich eines, hier wird zukünftig kein Privatpatient mehr abgewiesen, ich denke ich habe mich klar genug ausgedrückt! Gehen Sie wieder an die Anmeldung!" Dann schoss Frau Peiser erneut an Karsten vorbei, warf ihm aber ein freundlich aufgesetztes Lächeln zu. „Ohne Worte!", dachte der Patient und verließ die Praxis.

Manche Menschen haben die Arbeit nicht erfunden. Sie füllen ihren Alltag damit aus indem sie häufig privat telefonieren, im Internet surfen oder fast ausschließlich mit anderen Kollegen über nicht Dienstliches quatschen. Dass einige Mitarbeiter deren Arbeit übernehmen, scheint denen gar nicht klar zu sein. Sie halten sich trotzdem für teamfähig ...

Wenn ich ein Jahr jünger gewesen wäre

Anne-Bärbel Onigkeit war schon Ende Vierzig und hatte die Arbeit nicht erfunden. Seit Jahren bemühte sie sich als Quereinsteigerin in der *Deutschen Bank* in der Sachbearbeitung. Günter, mit dem sie in zweiter Ehe „glücklich verheiratet" war, war die Liebe ihres Lebens. „Gute Freunde" behaupteten oft, sie habe ihr Leben an den „Kleiderhaken mein Mann gehängt".

Günter verdiente gut als Softwarebeauftragter, man hatte sein Auskommen. Aber immer nur Shopping und sich mit guten Freundinnen zum Frühstück treffen, war Anne-Bärbel auf Dauer zu wenig. Sie wollte ernst genommen werden, so kam ihr vor ein paar Jahren das Angebot sehr, recht.halbtags in der Bank zu wirken. Jeden Morgen putzte sie sich raus. Meistens griff sie zu schwarzen Nylons, passenden Pumps, einem schwarzen, meist zu engem, Lederrock und einer leichten Seidenbluse, die sie in unterschiedlichsten Farben besaß. Die Krönung ihres Outfits war ein fast weißes wasserstoffgebleichtes Vogelnest, das sie sich gekonnt auf ihr Haar drapierte.

Mit großem Tamtam betrat sie jeden Morgen das Großraumbüro und stöhnte entweder über die Hitze oder die Kälte, über zu viel Regen. Manchmal tat sie auch allen kund, was Günter sich heute wieder geleistet hatte. Es ging dann um Katastrophen wie ein nicht ausgetrunkener Kaffee oder Wasserflecken im Waschbecken. Insgeheim aber vergötterte sie ihren Mann, sicherte er ihr doch ein sorgenfreies Leben. Nachdem sie sich an ihren Schreibtisch gesetzt hatte, startete sie ihren Computer und begann die *Bild-Zeitung* zu lesen, über deren Inhalt sie sich dann den ganzen Vormittag aufregte oder amüsierte. Es kam auch nicht selten vor, dass sie mit Kollegen über die Schlagzeilen und Artikel diskutieren wollte.

Da häufig viel Stress im Büro herrschte, waren einige Kollegen von Anne-Bärbel genervt. Besonders Ingrid ging das asoziale Verhalten ihrer Kollegin auf die Nerven. Sie war emsig beschäftigt und hatte Spaß an ihrer Arbeit. Jedes Mal, wenn sie aufsah, nahm sie wahr, dass ihre Nachbarin schon wieder im Internet privat unterwegs war oder lautstark mit ihrem Günter oder irgendwelchen Freundinnen telefonierte. Diese Gespräche liefen immer nach dem gleichen Schema ab. „Ach, Emmi, meine Liebe, wir haben uns ja so lange nicht gesehen. Günter und ich waren schon in Sorge!" Danach ergoss sich ein nicht enden wollender Redeschwall über die Unwichtigkeiten des Lebens. Zwischen den Privatgesprächen widmete sich Anne-Bärbel wieder der *Bild.* Ingrid hatte es langsam aufgegeben, sich darüber aufzuregen. Sie stellte ihre Ohren einfach auf Durchzug. Sehr turbulent und laut wurde es, wenn Frau Onigkeit aus einem ihrer Urlaube zurückkam. Ingrid, die selbst gern reiste, hasste diese Pauschalreisen mit Führung zu den Sehenswürdigkeiten des Urlaubsortes. Sie unternahm gern Touren in Metropolen wie Moskau, London oder auch New York.

Anne-Bärbel und Günter buchten immer all-inclusive. Nach einem Frankreich-Aufenthalt erzählte sie mit glühenden Wangen, wie großartig Paris doch sei und sie habe in der ältesten Wohnung der Stadt gewohnt, alles war wohl traumhaft. Natürlich kam sie an solchen Rückkehrtagen überhaupt nicht dazu zu arbeiten und verließ sich auf die Kollegen, die ihr das abnahmen.

Eines Tages standen Veränderungen in der Bank an. Allgemeine Einsparungen waren angesagt. Viele Mitarbeiter erhielten Abfindungsangebote, anderen wurde eine Arbeitsplatzverlagerung von Hannover nach Aurich angeboten. Ingrid überlegte nicht lange. Schließlich war sie erst Mitte Dreißig und ungebunden, aus Hannover wollte sie eh schon lange weg. Sie sah für sich eine Chance in Ostfriesland, die sie nutzen wollte. Anne-Bärbel gefiel die Idee gar nicht, zukünftig mit Günter eine Wochenendehe zu leben. Sie führte harte Verhandlungen mit der Personalabteilung, stellte immer wieder ihr Alter in den Vordergrund. Es half nichts, alles was man ihr anbot war nicht nach ihrem Gusto. Schlussendlich biss sie aber in den sauren Apfel, der ihr eine Abfindung in fünfstelliger Höhe versprach. Lautstark beklagte sie sich bei ihren Kollegen natürlich auch darüber. Ingrid muss noch heute grinsen, wenn sie an den Satz ihrer Mitspielerin denkt. „Wenn ich ein Jahr jünger gewesen wäre, wäre ich auch nach Aurich gegangen, aber das haben die ja in der Perso gar nicht hören wollen!" Was sie mit dem einen Jahr meinte, war ihr wohl selbst nicht bewusst, jedenfalls konnten sich ihre Kollegen darauf keinen Reim machen.

Drei Monate später war es dann so weit. Die Abteilung wurde aufgelöst. Ingrid ging als Erste und hatte für den Abschiedstag einen kleinen Imbiss, der nur aus Süßigkeiten bestand, organisiert. Sehr viele Mitarbeiter kamen, um sich von ihr zu verabschieden, einige davon hatte sie nie vorher wahrgenommen. „Verabschieden und verabschieden ... die kommen doch eh nur um hier das süße Zeug abzugreifen", dachte sie immer wieder. Dann trat Anne-Bärbel auf sie zu und deutete eine Umarmung an: „Meine Liebe, dass du jetzt gehst, ist so schade, wir haben doch immer so gut zusammengearbeitet!" Ingrid dachte sich verhört zu haben und zischte ihre Nachbarin an: „Diese verlogene Kuh!" Die Abschiedsparty dauerte nicht lange, keiner hatte Lust sich länger als möglich im Büro aufzuhalten nach einem langen Donnerstag.

Ein paar Minuten später saß Ingrid in ihrem Wagen und fuhr auf der Landstraße nach Hause. Ihr Blick fiel immer wieder auf einen Strauß aus orangefarbenen Gerberas, der auf dem Beifahrersitz lag. Den hatte Anne-Bärbel nach ihrem eigenen Geschmack zusammengestellt. Kurzentschlossen kurbelte sie die Scheibe herunter, griff den Strauß und warf ihn im hohen Bogen aus dem Fenster. „Danke, du blöde Kuh!"

Die nächsten drei Geschichten sind von Sandie Rose

Die Bahnfahrt – ein kostenloses Hörspiel

Letztens hatte ich einen Termin in Hannover und da man ja getrimmt ist, Klimaaspekte in seine Reiseplanungen mit einfließen zu lassen, dachte ich mir: „Victoria, fahr doch mit der Bahn!"

Jetzt denken Sie wahrscheinlich: „Na super, jetzt kommt die x-te Geschichte über Pleiten, Pech und Pannen bei der Deutschen Bundesbahn. Zugverspätungen, irrwitzige Durchsagen, nicht angefahrene Bahnhöfe. Hat man doch schon tausend Mal gehört und gelesen und im schlimmsten Fall sogar selbst erlebt.

Nein, darum soll es hier nicht gehen. Eine Bahnfahrt bietet dem geneigten Reisenden - und bitte fühlen Sie sich auch angesprochen, wenn Sie weiblich oder nonbinär sind, das Gendern ist mir nämlich schlichtweg zu anstrengend - noch weit mehr Erlebnisse, wie Sie im Laufe der weiteren Lektüre erfahren werden.

Ich stieg also an einem Mittwochmorgen in Bremen in einen Regionalexpress. Dieser macht zwar diverse Zwischenhalte, aber die Fahrzeit von einer Stunde und einundzwanzig Minuten nach Hannover ist immer noch annehmbar und mit dem Niedersachsenticket auch vergleichsweise günstig, wenn man am selben Tag die Rückfahrt antritt, was ich vorhatte.

Ich suchte mir einen gemütlichen Fensterplatz in einem zum Glück noch spärlich besetzten Waggon, zog meinen eBook Reader aus der Tasche und begann zu lesen, während der Zug sich in Bewegung setzte.

In mein Buch vertieft, hatten wir bereits Verden erreicht und das Abteil begann sich zu füllen. Auf dem Viererplatz mir gegenüber nahmen drei Frauen Platz, die sich bereits in einer lebhaften Unterhaltung befanden. Die Lautstärke machte mich ungewollt zur Zuhörerin.

„Mein Freund und ich haben vor einigen Wochen eine Katze aus dem Tierheim bei uns aufgenommen. Bislang war sie sehr scheu, aber gestern Abend hat sie sich zum ersten Mal zwischen uns auf das Sofa gesetzt und sich kraulen lassen. Langsam fasst sie wohl doch Vertrauen.", gab eine der Zugestiegenen von sich. „Ach, schön, wir haben auch überlegt, ob wir für unsere Tochter ein Haustier anschaffen sollen. Die Sina leidet ja unter ADHS und die Ärztin hat gesagt, dass ein Tier beruhigend auf sie wirken könnte.", teilte die Gangplatzinhaberin mit.

Mein Buch war mittlerweile vergessen und meine volle Aufmerksamkeit lag bei dem Trio.

„Ganz einfach ist das mit der Aufmerksamkeits- und Hyperaktivitätsstörung ja nicht, aber in der Schule ist Sina sehr gut.", ging es nun weiter. „Den Wechsel auf das Gymnasium hat sie prima geschafft und bekommt ausnahmslos erstklassige Noten." „Nimmt sie denn Medikamente?", fragte die am Fenster sitzende Frau. „Ja, aber die derzeitige Dosierung reicht nicht mehr aus." „Wieso?", fragten beide Begleiterinnen wie aus einem Munde und auch ich hatte mir im Stillen diese Frage gestellt. „Na, die Grundschule ging nur bis zum Mittag, aber auf dem Gymnasium hat sie manchmal auch nachmittags Unterricht. Da wird sie dann unruhig und stört auch schon mal. Wir warten derzeit auf einen Arzttermin, um die Medikamente neu einstellen zu lassen."

Inzwischen überlegte ich bereits, ob bei Sina eventuell eine bislang unentdeckte Hochbegabung vorliegen konnte. Vielleicht störte sie ja den Unterricht, weil sie sich langweilte.

„Gibt es denn bei euch keinen Schulbegleiter, der sie ein bisschen unter die Fittiche nehmen kann?", wurde ich aus meinen Gedanken gerissen. „Doch, es gibt einen in der Klasse, der muss sich aber schon um Max kümmern, der hat Dyskalkulie!" „Ach, die Rechenstörung, darunter leidet die Tochter meiner Freundin auch.", mischte sich die Sitznachbarin ein. „Da muss man sehr genau darauf achten, dass das bei der Vergabe der Zensuren berücksichtigt wird. Lehrer sind oft nicht dafür sensibilisiert."

Und wieder hatte ich etwas gelernt, schlecht in Mathe zu sein, musste also nicht zwangsläufig zu schlechten Schulnoten führen!

In der Zwischenzeit hatte der Zug den Bahnhof von Neustadt am Rübenberge und damit wohl das Ziel des Trios erreicht, denn dies verließ eilig das Abteil.

Die frei gewordenen Plätze wurden sofort von einem gemischten Quartett wieder besetzt. Wie ich sehr schnell erfuhr, handelte es sich um vier Ergotherapeuten.

„Hat sich jemand von euch schon den Seminarplan angesehen?", fragte einer der Männer in die Runde. „Ja, habe ich, es sind einige interessante Themen dabei.", lautete die Antwort seiner Kollegin. „Also, wir sollten uns unbedingt aufteilen, damit wir möglichst viele Vorträge hören und uns anschließend austauschen können.", verkündete die Frau auf dem Fensterplatz. „Ich möchte unbedingt an dem Demenzparcour teilnehmen, der findet um zwölf Uhr statt." „Oh, da will ich auch hin und „Ernährung bei Demenz" interessiert mich auch!" „Um wieviel Uhr findet beginnt das denn?", fragte der auf dem Gangplatz sitzende Mann. „Um vierzehn Uhr. Aber da ist auch der Vortrag darüber, wie Angehörige am besten mit der Demenzerkrankung umgehen sollten." „Da kann ich doch hingehen:", schlug sein Gegenüber vor. „Wann ist denn eigentlich Mittagspause?" „Davon steht hier nichts." Um siebzehn Uhr ist jedenfalls Schluss!" „Um sechzehn Uhr gibt es noch „Medikation bei Demenz". Interessiert sich jemand von euch dafür?" „Nee, das ist mir zu klinisch. Ich glaube das ist nicht speziell für Ergotherapeuten aufbereitet." „Na gut, dann höre ich mir das an.", schaltete sich die Fensterplatzinhaberin wieder ein. „Vielleicht ist das ja auch ganz spannend."

So ging es eine ganze Weile hin und her und irgendwann schien man sich über die Aufteilung der einzelnen Veranstaltungen geeinigt zu haben. Ich hatte so intensiv zugehört, dass ich bereits ganz unbeabsichtigt abgespeichert hatte, wer von den Damen und Herren welchen Vortrag beiwohnen wollte.

„Wenn ich erzähle, dass ich Ergotherapeut bin, können die meisten Leute damit gar nichts anfangen.", beschwerte sich der Mann schräg gegenüber nun. „Logopäde oder Physiotherapeut sagt ihnen vielleicht noch etwas, aber die Abgrenzung zu unserem Berufszweig ist für die meisten nicht greifbar." „Dabei ist gerade unsere Arbeit doch so befriedigend.", gab seine Kollegin von sich. „Der Umgang mit den Demenzpatienten bereitet mir so viel Freude! Und wenn man schon mal an einem Demenzparcours teilgenommen hat, kann man sich gleich viel besser einfühlen." „Richtig, für meine Bachelorarbeit habe ich mal einen mit entwickelt." „Ich habe mal an einem teilgenommen, da musste man anhand von Kärtchen den Frühstückstisch decken. Jeder Handgriff, also zum Beispiel das Geschirr auf den Tisch stellen und dann Marmelade, Brötchen und Kaffee platzieren, war auf einem Kärtchen aufgezeichnet und dieser Kartenstapel musste in die richtige Reihenfolge gebracht werden. Das war schon für einen gesunden Menschen eine Herausforderung." Alle nickten wissend.

„Also wer geht nun zu dem Demenzparcour und um wieviel Uhr findet der noch mal statt?", fragte ein Kollege aus dem Quartett auf einmal.

Gedanklich schlug ich die Hände über dem Kopf zusammen. Da wollten diese Leute zu einer Fortbildung zum Thema Demenz und konnten sich selbst nicht merken, was sie kurz zuvor besprochen hatten? Das durfte doch wohl nicht wahr sein! Ich war kurz davor, jedem von ihnen zu verraten, für welche Veranstaltung er bzw. sie sich gemeldet hatte und wann diese stattfinden sollte, konnte mich aber gerade noch bremsen. Auch, weil wir jetzt in den Bahnhof von Hannover einfuhren und ich aussteigen musste.

Beim Verlassen des Zuges hatte ich jedenfalls das Gefühl, auf der Fahrt besser unterhalten worden zu sein, als in so manchem Theaterstück. Insofern kann ich Ihnen das Reisen mit der Bahn nur empfehlen.

*Die folgende Geschichte fällt etwas aus dem Rahmen,
ist sehr fachspezifisch. Aber ein kurzer „Lehrgang" über
Kredite kann ja nicht schaden*

Dümmer geht immer

Sapere aude (Wage zu denken)

Montagmorgen, beschwingt betrat Steffen Franze sein
Büro in einer Volksbank in Leer. Ja, er hatte es zu etwas gebracht im Leben. Er war Kreditentscheider im
Privatkundenbereich und sah zudem noch blendend
aus, was ihm sein morgendlicher Blick in den Spiegel
einmal mehr bestätigt hatte.

Dass Eigen- und Fremdwahrnehmung manchmal Wel-
ten auseinanderliegen, davon hatte er noch niemals
gehört.

Im Büro nebenan werkelte Cornelia Blümchen vor sich
hin, ihres Zeichens Kreditsachbearbeiterin. Ihr kam
die oft undankbare Aufgabe zu, das, was die zumeist
Herren Kompetenzträger so entschieden, in Kredit-
uns Sicherheiten Verträge umzusetzen. Welcher Irr-
sinn würde sie wohl an diesem Tag erwarten?

Aus dem Nebenraum hörte sie Steffen Franze, oder,
wie sie ihn insgeheim nannte, Steffen Fatzke, lautstark
über seine Wochenenderlebnisse fabulieren: „...angeln
gewesen...", „...dicksten Fisch an Land gezogen...".
Zum Glück ließ die Dicke der Wand nur Satzfetzen der
Prahlerei zu ihr durchdringen. Mehr hätte sie so früh
in der Woche auch nicht ertragen.

Irgendwann hatte Franze wohl doch entschieden, sich der Arbeit zu widmen, denn plötzlich stand er vor Cornelias Schreibtisch. „Frau Blümchen, ich habe hier einen sehr eiligen Kreditantrag, den ich gerade genehmigt habe. Die Verträge müssen heute unbedingt noch zum Kunden", verkündete er mit gewichtiger Miene. „Jaja, lassen Sie mir die Unterlagen da, ich kümmere mich darum", erwiderte Cornelia knapp. Jetzt bloß keine längere Diskussion mit dem Fatzke anfangen. Womöglich würde er ihr sonst nur wieder irgendwelche Belanglosigkeiten aus seinem Privatleben erzählen. So wie die schon dutzende Male gehörte Erzählung, wie er nach Renovierung seines Wohnzimmers die Idee gehabt hatte, für die leere Wandfläche über dem Sofa ein Gemälde zu erstehen. Ein Seebild hatte es sein sollen. Natürlich „echt" mit Ölfarbe gemalt und möglichst groß. Wie hatte er sich über die von den Künstlern aufgerufenen Preise mokiert. Selbst ihm völlig unbekannte Maler, zu denen laut Cornelia Einschätzung fast alle gehörten, hatten laut Steffen Franze horrende, ja in seinen Augen überzogene Preise verlangt. Er hatte für die Anschaffung einen völlig realitätsfernen Betrag von Ein- bis Zweihundert Euro eingeplant, wurde aber dann von der Realität überrascht. Dümmer geht eben immer, hatte Cornelia Blümchen, die sich auf dem Kunstmarkt zumindest ein wenig auskannte, bei diesen Schilderungen stets gedacht.

Nun hatte der große Meister also eine Kreditentscheidung gefällt. Cornelia warf einen Blick auf die Genehmigungsunterlagen. Eine Baufinanzierung über Zweihundertfünfzigtausend Euro gegen Eintragung einer

Grundschuld in selber Höhe auf dem finanzierten Objekt. Ganz normaler Standard also. Cornelia sah sich den Grundbuchauszug an, in dem die neue Sicherheit eingetragen werden sollte. Was war denn das? Da war bei den Lasten und Beschränkungen in Abteilung II doch tatsächlich ein Wohnrecht eingetragen.

Schon im Laufe des ersten Ausbildungsjahres lernt man als angehende/r Bankangestellte/r, dass bei der Grundschuldbestellung an Objekten Obacht geboten ist. Entscheidend ist hier die sogenannte Rangstelle des Grundpfandrechtes. Diese muss tunlichst vor dem Wohnrecht erfolgen. Wohnrecht ist nämlich genau das, was der Name schon ausdrückt: das Recht einer Person, in dem Haus zu wohnen. Und zwar kostenfrei und auf Lebenszeit. Wer also ein Haus kauft, an dem ein Wohnrecht besteht, muss im Zweifel mit der Person, die das Wohnrecht innehat, bis zu deren Ableben zusammenwohnen. Eine Bank lässt daher in der Regel Grundschulden nur im Rang vor einem Wohnrecht eintragen, da im Fall der Zwangsversteigerung wohl niemand ein Haus mit einem Bewohner kaufen würde. Wertmindernd nennt man so ein Wohnrecht im Fachjargon.

Der feine Herr Kreditentscheider hatte diesen Malus des Grundbuches in seiner Genehmigung mit keiner Silbe erwähnt. Er hatte einfach nur die Bestellung einer Grundschuld über Zweihundertfünfzigtausend Euro in Auftrag gegeben. Von irgendwelchen Rängen, geschweige denn davon, dass das Wohnrecht in jedem Fall hinter die Sicherheit der Bank zurücktreten musste, stand da nichts. Das konnte doch nicht sein

Ernst sein. Bestimmt hat er das nur übersehen, dachte Cornelia und marschierte zwecks Klärung in Steffen Franzes Büro. Dieser lächelte sie milde und fast schon ein bisschen mitleidig an. „Frau Blümchen, Sie sind ja keine Kreditentscheiderin, nur Sachbearbeiterin", begann er hoheitsvoll, „ich habe jahrelange Erfahrung und kenne mich schließlich aus. So ein Wohnrecht ist nicht per se als wertmindernd anzusehen, da kommt es immer auf den Einzelfall an." Cornelia traute ihren Ohren nicht. Da sollten sich also sämtliche Experten und Lehrbuchautoren geirrt haben, die Wohnrechte im Allgemeinen als wertmindernde Rechte einstuften? Das war ja zum Piepen. Und was genau meinte er wohl mit „Einzelfall"? Erwarb jemand seiner Meinung nach lieber ein Haus, wenn ein schmucker Witwer ein Wohnrecht besaß, als eine tüddelige Greisin? Gab es da etwa Unterschiede, welcher wildfremde Mensch da mit im Haus lebte, sich Küche und Bad mit einem teilte? „Dümmer geht's nun wirklich nimmer", konstatierte Cornelia und verließ kopfschüttelnd das Büro.

Jahre später, als Cornelia längst die Abteilung gewechselt hatte und nicht mehr mit Steffen Franze zusammenarbeitete, erfuhr sie zufällig über den Flurfunk, dass der damals von ihm entschiedene Kredit wegen Zahlungsunfähigkeit der Kreditnehmer ausgefallen war. Die daraufhin angedachte Zwangsvollstreckung des Hauses konnte aber wegen des seiner Zeit so leichtfertig übergangenen Wohnrechts nicht erfolgen und dies hatte zu einem sechsstelligen Schaden für die Bank geführt. Steffen Franze hatte aufgrund seiner Fehlentscheidung seinen lukrativen Posten als

Kreditenscheider verloren und fristete nun in der Zahlungsverkehrsabteilung sein Dasein, wo es für ihn rein gar nichts mehr zu entscheiden gab.

Die vier Grazien

Einmal als Kandidatin bei der Fernsehshow „Shopping Queen" mitmachen, davon träumen viele shoppingbegeisterte Frauen. Fünfhundert Euro in nur vier Stunden zu einem vorgegebenen Thema einfach so auf den Kopf hauen. Für so vermeintlich banale Sachen wie Klamotten, Schuhe, Accessoires und Styling. Und mit etwas Glück dafür sogar noch mit eintausend Euro belohnt werden, wenn man von den Konkurrentinnen die meisten Punkte erhält, weil man das Motto am besten umgesetzt hat.

Davon träumten auch die vier Oldenburgerinnen Maike, Edda, Annabelle und Monika. Sie hatten sich beworben und waren aus hunderten von Kandidatinnen ausgewählt worden. An vier aufeinanderfolgenden Tagen würde jede von ihnen auf Shoppingtour gehen und dabei von einem Kamerateam begleitet werden. Das zählte schon etwas! Die Frauen, die gerade nicht an der Reihe waren, würden sich derweil im Zuhause der Einkäuferin treffen, dieses durchstöbern und dabei ebenfalls gefilmt werden. Eine ganze Woche also, in der man sich vor Kameras bewegte und sich als Star fühlen konnte! Da die Ausstrahlung der Sendung für eine Woche mit einem Feiertag geplant war, sollte es nur vier statt der sonst üblichen fünf Kandidatinnen geben. Umso größer war also die Ehre, überhaupt ausgewählt worden zu sein.

An einem Montagmorgen startete das spannende Abenteuer. Es war Maikes großer Tag. Die Mittvierzgerin lebte mit ihren beiden Katzen etwas beengt in einer

Zweizimmerwohnung im Norden von Oldenburg. Um ihre Mitstreiterinnen für sich einzunehmen, hatte sie am Vortag Unmengen von Muffins gebacken, diese aber vor lauter Aufregung bereits größtenteils selbst gegessen. Aber am ebenfalls vorbereiteten Sekt hatte sie sich nicht vergriffen, schließlich wollte Sie einen klaren Kopf haben, wenn sie die Entscheidung über ihren Look traf. Das Kamerateam war schon sehr früh bei Maike aufgetaucht und kämpfte mit dem fehlenden Platz und der Ausleuchtung. Einige Einstellungen waren bereits gedreht worden. Maike hatte sich dabei kurz vorstellen müssen, sich dabei aber ständig ver haspelt oder eine ihrer Katzen war ungeplant ins Bild gesprungen.

Nun trafen nach und nach Edda, Monika und Annabelle, die weiteren Aspirantinnen auf die Shopping Queen-Krone, bei Maike ein. „Hallihallo meine Liebe, mein Name ist Maike Facker, beides mit einem „a" geschrieben.", stellte sich Maike jeder der Neuankommenden vor. Sie hasste es, wenn jemand versehentlich ihren Vornamen mit „e" schrieb oder ihren Nachnamen durch ein „u" verunglimpfte und hatte sich angewöhnt, sich stets mit dem Hinweis auf die korrekte Schreibweise vorzustellen. Die vier Kandidatinnen drängten sich auf Maikes Sofa zusammen und warteten gespannt auf die Verkündung ihres Shoppingmottos via Videobotschaft durch den Stardesigner Giacomo Gockl. „Hoffentlich wird es nicht „Sexy Nixe am Strand" oder „Sei ein Dream Girl in Dessous!", schloss Edda gleich jedes Thema aus, bei dem sie zu viel Haut zeigen müsste. „Das wäre mir auch nicht recht!", jammerte Annabelle. „Ich glaube nicht, dass es meinem

Mann André gefallen würde, wenn ich halbnackt herumliefe!" „Wieso?", konterte Maike. „Mir würde es nichts ausmachen! Was man hat, das soll man ruhig zeigen und ich habe von allem jede Menge!". Da wurde das muntere Geplapper durch die Stimme von Giacomo Gockl unterbrochen. „Stylisch auf zwei Rädern. Finde den perfekten Look für eine Fahrradtour.", verkündete er das Motto und setzte den wilden Spekulationen so ein Ende. „Mensch toll, da kann man ja alles machen!", frohlockte Monika. Und Edda seufzte erleichtert: „Zum Glück werde ich vollständig bekleidet sein!". Auch Maike, die den Shopping-Reigen eröffnen sollte, war zufrieden. Da würde sich doch etwas passendes zum Anziehen finden lassen. „Ciao ihr Süßen!", verabschiedete sie sich und ließ ihre Kontrahentinnen in ihrer Wohnung zurück.

Maike hatte leider keine Shoppingbegleitung gefunden. Da sie sich ständig um ihre samtpfotigen Mitbewohner kümmern musste, waren ihre Sozialkontakte nicht sehr ausgeprägt und ihre ehemalige Lieblingskollegin Anne-Bärbel, war seit ihrem Renteneintritt beschäftigter denn je und verbrachte gerade einen Urlaub in Paris. Also machte Maike es sich in dem pinkfarbenen Fahrzeug, das sie von Geschäft zu Geschäft chauffieren sollte, alleine gemütlich. Sie griff sich den vom TV-Sender bereitgelegten Umschlag mit dem Shoppingbudget und zählte die Scheine akribisch nach. Ja, es stimmte ganz genau, fünfhundert Euro!

Maike ließ sich zu verschiedenen Boutiquen kutschieren und probierte alles Mögliche an. Nichts war jedoch zu ihrer Zufriedenheit. Es passte nicht, hatte die falsche Farbe oder war schlichtweg zu teuer. Die Zeit verging wie im Fluge und von den ursprünglichen vier Stunden waren schließlich nur noch fünfzehn Minuten übrig! Maike wurde unruhig und begann zu schwitzen. Sie hatte noch nichts gekauft und Frisur und Make-up mussten doch auch noch gemacht werden. Und die Regeln des Spieles besagten, dass alles, was auf dem Laufsteg präsentiert wurde, neu gekauft sein musste und dass jede Kandidatin nach Ablauf der Zeit den Laufsteg betrat, wie sie dann gerade aussah. Würde sich Maike also etwa verschwitzt und nackt vor den anderen und im Zuge dessen auch vor Millionen Fernsehzuschauern zeigen müssen? Die Schmach wäre gar nicht auszudenken! Panisch rannte Maike in das x-te Geschäft. „Hallihallo, ich bin die Maike Facker, Maike mit „a" und Facker auch mit „a"".", japste sie völlig aufgelöst, obwohl die Schreibweise Ihres Namens wohl das letzte war, was die Verkäuferinnen interessierte. „Ich brauche ganz dringend ein Outfit für eine Fahrradtour!" Eine der Verkäuferinnen musterte ihre immer noch nach Atem ringende Kundin von oben und verschwand im hinteren Teil der Verkaufsfläche. Nach einigen Minuten, die Maike wie Stunden vorkamen, dezimierten sie doch ihre ohnehin schon fast abgelaufene Zeit noch weiter, kehrte sie mit einem sackähnlichen Leinenkleid in schlammbraun zurück. „Ein Designermodell! Sie haben Glück, es handelt sich um das letzte Stück, die Kundinnen haben es uns quasi aus den Händen gerissen!", pries die Fachkraft das fragwürdige Textil an. „Wunderbar, genau, was ich gesucht habe!" Begierig zog Maike das Stück unförmigen Stoff vom Bügel. „Ich nehme es!"

„Wollen Sie es denn nicht wenigstens anprobieren?",
fragte die Verkäuferin erstaunt. „Nein, nein, das passt
schon! Ich habe auch keine Zeit mehr, ich muss noch
zum Friseur!", antwortete Maike, die sich bereits auf
dem Weg zur Kasse befand. Eilig zahlte sie die 450,-
Euro für das vermeintliche Designerkleid und stürmte
auf dem Modegeschäft direkt zum gegenüberliegenden
Friseursalon. Mittlerweile war ihr Zeitbudget auf
knappe sieben Minuten zusammengeschrumpft. „Ich
habe noch fünfzig Euro, machen sie irgendwas frech-
elegantes mit meinen Haaren und Make-up brauche
ich auch! Ganz ganz schnell, bitte!", flehte Maike den
Haarkünstler an. Dieser tat wie ihm geheißen und tou-
pierte das Haar seiner gehetzten Kundin zu einer Art
Vogelnest auf, während sein Kollege Unmengen von
Puder auf Maikes schweißglänzendes Gesicht stob
und rasch noch etwas Mascara und Lippenstift auf-
trug. Beide Artisten vollendeten ihr Werk mit Abbau
der letzten Minute. „Geschafft!" Glücklich strahlte
Maike in die Kamera. Erst auf dem Weg zu TV-Studio,
wo Maike ihren geshoppten Look präsentieren sollte,
fiel ihr auf, dass sie keine Schuhe, keine Handasche
und auch keinen Schmuck gekauft hatte und sich nun
also barfuß, nur mit ihrem Leinenkleid auf den Laufsteg wagen musste. Es war ihr egal, inzwischen wollte
sie den Tag einfach nur beenden und zurück zu ihren
Katzen. Das nicht probierte Kleid spannte etwas und
die fehlenden Schuhe und Accessoires wurden von ihren Konkurrentinnen auch entsprechend kritisiert, sodass Maike von dreißig möglichen Punkten nur ma-
gere fünfzehn Punkte von den anderen erhielt.

Am nächsten Tag, dem Dienstag, trafen sich alle im Einfamilienhaus von Edda im Oldenburger Stadtteil Bloherfelde. Die Wände von Eddas Zuhause waren mit zahlreichen Postern und Fotos von Städten dekoriert, die die Besitzerin für spannend und exotisch hielt. Interessiert ließen die Besucherinnen ihre Blicke schweifen. Ein besonders prominent an der Wohnzimmerwand hängendes Poster hatte es Monika besonders angetan. „Oh, wie hübsch, welche Stadt ist das denn?", befragte sie ihre Gastgeberin zu dem eindeutig die Skyline von New York darstellenden Foto. Edda war geschmeichelt, hatte jedoch bei den meisten ihrer Bilder keinen blassen Schimmer, welche Orte sie abbildeten. „Ach das, ich weiß nicht so genau, es könnte Frankfurt sein. Frankfurt hat ja so unheimlich hohe Häuser habe ich mal gehört.", antwortete sie daher ahnungslos. Monika gab sich mit der Auskunft zufrieden, wusste sie selbst es doch auch nicht besser. „Und, hast du schon einen Plan, was du heute kaufen willst?", wechselte sie schnell das Thema. „Das würde mich auch interessieren", mischte sich nun auch die von ihrem gestrigen Shoppingmarathon noch völlig erledigte Maike in das Gespräch ein und griff zur Stärkung zu einem der bereitgestellten Mettbrötchen. „Naja, irgendwas zum Thema Fahrradtour halt.", kicherte Edda. „Ich habe mir überlegt, dass ich mich vielleicht für eine Fahrt mit meiner Familie zum Brunch einkleiden will.", erklärte sie, wobei sie ein „sch" betonte, wo eigentlich gar keines war. Edda war zwar nicht ganz sicher, was so ein „Brunch" eigentlich war, fand aber, dass es irgendwie spannend klang.

Im Gegensatz zu Maike hatte Edda sich in ihrer guten Freundin Marlies aus dem Yoga Kurs eine Shoppingbegleitung organisiert. Die beiden waren zwar noch niemals zusammen shoppen gewesen, aber es gab eben für alles ein ersten Mal. Edda und Marlies ließen sich vom Shopping Queen-Bus zum ersten Laden fahren. Edda hatte sich von Maikes hektischer Suche berichten lassen und wollte es nun unbedingt besser machen. Gezielt ließ sie sich von einem engagierten Verkäufer diverse Kombinationen zeigen und probierte alles ausgiebig an. An keinem der Outfits ließ Maries jedoch ein gutes Haar. „Zum Brunchen brauchst du unbedingt einen Pashminaschal, es geht gar nicht ohne!", ließ Shoppingbegleitung Marlies verlauten. Edda, die bereits von ihrem selbst gewählten Untermotto „Fahrt zum Brunch" überfordert war, konnte mit dem Begriff „Pashminaschal" nun so gar nichts anfangen. Glücklicherweise kannte der Verkäufer sich aus. „Meine Damen, ich habe natürlich Pashminaschals da, aber die sind nicht eben billig und liegen preislich etwa bei fünfhundert Euro.", erklärte er. „Tja, das kommt dann für uns wohl nicht infrage", erwiderte Marlies schnippisch. Sie hatte längst das Zepter übernommen und behandelte ihre Yogafreundin wie eine Anziehpuppe. „Dann ziehst du eben diese Jeans und dass hellgelbe T-Shirt hier an!", bevormundete sie Edda. „Ja, aber gelb....", versuchte Edda zaghaft Einspruch zu erheben. „Papperlapapp, meine Liebe, die Farbe steht jedem und du hast keine Zeit. Das ziehst du jetzt an und Schluss!", wurde sie von Marlies abgewürgt. Beide Teile landeten also in der Einkaufstasche, gefolgt von einem Paar weißer Stoffturnschuhe, die die resolute

Marlies ebenfalls abgenickt hatte. So ausstaffiert setzten die beiden Frauen ihre Einkaufstour fort. Marlies suchte für Edda, die mittlerweile jeden Widerstand aufgegeben hatte, riesige Glitzerohrringe und eine ganze Batterie von klimpernden Armreifen aus. „Du sollst ja mit dem Fahrrad unterwegs sein, dann brauchst du keine Fahrradklingel, weil die Leute schon deinen Armschmuck klingeln hören.", lautete Marlies einleuchtende Erklärung. Auch beim Friseur, der letzten Station auf der Einkaufstour, kam die arme Edda nicht zu Wort. Auf Anweisung von Marlies wurden ihr ein fahrradtauglicher Pferdeschwanz und etwas Rouge für die Wangen verpasst und ehe sie sich versah, ließ Marlies die Uhr stoppen, obwohl Edda noch zwei Stunden Shoppingzeit verblieben wären. Edda war etwas enttäuscht, dass alles so schnell vorübergegangen war, aber irgendwie auch hochzufrieden. Sollte sie Letzte werden, könnte sie sagen, dass ja eigentlich Marlies verloren hatte und nicht sie.

Zumindest ihren Auftritt auf dem Laufsteg zelebrierte Edda nun ausgiebig. Unter zahllosen Drehungen schritt sie immer wieder auf und ab. Maike, Monika und Annabelle applaudierten begeistert. Das Outfit erschien ihnen zwar eher gewöhnlich aber die Darbietung gefiel ihnen. Und so bedachten Sie ihre Mitstreiterin immerhin mit zwanzig Punkten, was, wenn auch nur nach derzeitigem Stand, dem ersten Platz entsprach.

Es war Mittwoch geworden und damit der bereits vorletzte Tag der verkürzten Oldenburger Shoppingwoche. Annabelle war an der Reihe. Sie war frisch verheiratet und lebte mit ihrem Mann André, den sie zärtlich „Hase" nannte, in einem Reihenhaus im Süden von Oldenburg. Das Paar hatte sein Zuhause erst vor kurzem bezogen und alles war noch ein bisschen provisorisch. Da André die Hoheit über die ehelichen Finanzen hatte, war Annabelle ganz froh, durch das TV-Format einmal fünfhundert Euro nur für sich zu haben. Zwar war sie berufstätig, hatte ihre Stundenzahl aber direkt nach der Vermählung reduziert, um sich ganz dem Wohlergehen ihres Ehemannes widmen und sich auf ihre künftig geplante Rolle als Mutter vorbereiten zu können. Die Begleitung für ihre anstehende Shoppingtour sollte ihre Zwillingsschwester Bellinda übernehmen. Die beiden hatten den gleichen Geschmack. So konnte es vor laufenden Kameras zumindest nicht zu Streitigkeiten kommen. Gerne hätte sich Annabelle auch von ihrem „Hasen" begleiten lassen, aber als Haupternährer der kleinen Familie musste dieser arbeiten.

Voller Vorfreude kletterten die beiden Schwestern in den pinkfarbenen Van und brachen auf in ihr Abenteuer. Die Autotüren hatten sich kaum geschlossen, da erklang auch schon die Melodie von Shaggys „Mr. Lover Lover", die Annabelle als Klingelton für Andrés Anrufe eingestellt hatte. „Hallo Hase, ich sitze gerade im Bus und fahre mit Bellinda zu unserem ersten Shoppingziel. Nein, natürlich wird mein Look nicht zu freizügig, ganz bestimmt nicht.", säuselte sie in ihr Handy. „Ich lieb dich Hase!", beendete Sie das Telefonat.

Die Möchtegern Shopping Queen und ihr Zwilling ließen sich in die Oldenburger Fußgängerzone bringen und durchkämmten Geschäft für Geschäft. Annabelle probierte gerade eine hochgeschlossene, beigefarbene Seidenbluse und einen Glockenrock an, als, unüberhörbar „Mr. Lover Lover" ertönte. „Hase, wie schön, deine Stimme zu hören, habe dich schon vermisst! Ja, Hase, alles läuft prächtig. Ich lieb dich, Hase, bis ganz bald!" Verzückt drehte Annabelle sich vor dem Spiegel. „Ich glaube, ich habe mein Outfit gefunden!", sie strahlte ihre Schwester an. „Der knielange Rock ist optimal zum Fahrradfahren!", erwiderte diese. Beide Teile wurden zum erschwinglichen Preis von 198,- Euro erworben und die Schwestern machten sich weiter auf den Weg, die Basics durch Schuhe und Accessoires zu ergänzen. Nachdem sie einen kleinen Rucksack und diverse Ketten, Armbänder und Ringe erstanden hatten, sollte nun radfahrtaugliches Schuhwerk gekauft werden. Weiße Riemchensandalen gefielen Annabelle besonders. Plötzlich kamen ihr jedoch Bedenken. Der Rock reichte nur knapp bis zu den Knien und die Sandalen ließen große Teile der Füße unbedeckt. War das vielleicht zu gewagt? Zerknirscht tippte sie die Telefonnummer ihres Liebsten in ihr Mobiltelefon. Sicherheitshalber wollte sie Andrés Meinung zu der Outfitwahl einholen. „Ja, knielang, Hase, nicht kürzer, nein und dazu Sandaletten.", erklärte sie ihm. „In Ordnung. Ich lieb dich, Hase!" Erleichtert berichtete sie Bellinda, dass André das Outfit abgesegnet habe.

Schnell weiter zum Haarstylisten. Annabelle wurden gerade parallel von mehreren Helferinnen die Haare zu

Locken gedreht, falsche Wimpern angeklebt sowie Lippenstift und Nagellack aufgetragen, als „Mr. Lover Lover" durch den Salon schallte. Sofort griff Annabelle zu ihrem Mobiltelefon. Dass dadurch die eifrig hantierenden Kosmetikerinnen sowohl Lippenstift als auch Nagellack jenseits von den dafür vorgesehenen Stellten auftrugen, hielt sie nicht ab. Hase sollte nicht warten müssen. „Wir sind beim Friseur. Danach geht es noch auf den Laufsteg. Spätestens um 19 Uhr bin ich zu Hause. Nein, ich mache keine Umwege, ich komme direkt im Anschluss nach Hause. Hab dich lieb!" Während des Telefonates waren die vier Stunden abgelaufen und daher durften nun keine Veränderungen mehr am Styling vorgenommen werden. Lippenstift und Nagellack blieben also verwischt und die Haare waren auch nur auf der Seite gelockt, auf der Annabelle nicht ihr Handy ans Ohr gehalten hatte.

Trotzdem stolzierte Annabelle lachend über den Laufsteg und holte sich von ihren Konkurrentinnen beachtliche fünfundzwanzig Punkte und damit die Führung vor Edda und Maike.

Mit Monikas Shoppingtag war nur der vierte und letzte Tag der aufregenden Oldenburger Woche gekommen. Monika hatte an den vergangenen Tagen die mehr oder weniger gelungenen Ergebnisse der anderen Teilnehmerinnen gesehen und genügend Zeit für eigene Ideen gehabt. Sie war ohnehin ein Mensch, der vieles anders machte als andere. So hatte sie beispielsweise den Inhalt ihres Kleiderschrankes alphabetisch geordnet, wie sie ihren überraschten Besucherinnen Edda, Maike und Annabelle nun offenbarte. „Nach Sommer-

und Wintergarderobe zu sortieren ist ja langweilig und eine Ordnung nach Farben hat man ja wohl auch schon tausendmal gesehen", dozierte sie. „Bei mir fängt es links mit Abendkleidern an und geht dann über Blümchenblusen, Cordhosen und Daunenjacken bis zu Zipfelmützen ganz rechts. Das ganze Alphabet eben. Schaut euch das gerne einmal an, es ist echt praktisch!". Die anderen staunten nicht schlecht und Maike ärgerte sich insgeheim, dass sie dem Fernseh-team nicht mit so einer Besonderheit hatte aufwarten können. Das Shoppingmotto hatte Monika auch ganz nach ihren Vorstellungen umgedeutet. Sie wollte sich für die Verlobungsfeier ihrer Freundin einkleiden und auf diese Verlobungsfeier würde sie mit dem Fahrrad fahren. Es sollte also eher schick als sportlich werden. Dass die Wahrscheinlichkeit, dass irgendjemand mit dem Fahrrad zu einer schicken Verlobungsfeier fahren würde gegen Null tendierte, war ihr herzlich egal. Sie machte sich die Welt, wie sie ihr gefiel.

Ihre Nachbarin und Freundin Heike sollte sie bei dem Vorhaben, die Shopping Queen-Krone zu erobern, unterstützen. „Wirklich wunderbar, in so einem auffälligen Auto herumgefahren zu werden. Alle schauen uns nach.", freute Heike sich, als sie mit Monika zu einem Einkaufszentrum in Oldenburg-Wechloy fuhr. Dort war auch der Friseur ansässig, den die Shopping Queen in Spe zuerst ansteuern wollte. Getreu ihres imaginären Mottos, der Radtour zur Verlobungsfeier, ließ sie ihre Haare zu einer aufwendigen Turmfrisur hochstecken und ein elegantes Abend Make-up mit Lidstrich, Glitzerlidschatten und knallroten Lippen auflegen. Heikes Einwände, dass sowohl das Haarstyling als auch das Make-up bei der noch anstehenden Suche nach dem passenden Outfit leiden würden, nahm sie nicht zur Kenntnis. Der Friseurbesuch ließ das Budget bereits um 150,- Euro und die Zeit um zwei Stunden schrumpfen. Auf dem Weg zum nächsten Punkt auf der Shoppingliste, einem Geschäft für Braut- und Abendmode, sah Heike, die verzweifelt um das ursprünglich von Giacomo Gockl vorgegebene Thema bemüht war, das in ihren Augen perfekte Kleidungsstück. Ein T-Shirt mit einem aufgedruckten Fahrrad und dem französischen Schriftzug „J´aime mon vélo". Die Worte verstand sie zwar nicht, aber der Fahrradaufdruck passte ja wohl hervorragend. Sie zog die unwillige Monika ins Ladeninnere und hielt ihr das T-Shirt vor die Brust. „Sieht doch toll aus!", versuchte sie es der Freundin schmackhaft zu machen. „Und was bedeutet der Text?", fragte diese. Ratlos zuckte Heike mit den Schultern. „Ich kann kein Englisch.", bedauerte sie. Ein T-Shirt war ohnehin nicht das, was Monika vorschwebte. Sie wollte schließlich zu einer Verlobungsfeier. Im Brautgeschäft ließ sich Monika von der genervten Ladenbesitzerin ein Kleid nach dem anderen bringen. „Haben Sie denn nichts Preiswertes?", stöhnte sie. Mittlerweile war ihre anfängliche Euphorie purer Verzweiflung gewichen. Alle Modelle die ihr gefielen und passten, sprengten das vorgegebene Budget bei weitem. Abendmode war eben nicht billig. Zudem hatte sich ihre komplizierte Hochsteckfrisur durch die vielen Anproben nahezu aufgelöst und auch das Make-up hatte sich von ihrem Gesicht verabschiedet und war nun auf den anprobier-

ten Kleidern zu finden. Diese Tatsache war von der Ladenbesitzerin zum Glück noch unentdeckt geblieben.
Die unerschütterliche Heike versuchte unterdes weiterhin, Monika von der von ihrer gewählten Idee abzu-
bringen. „Du musst ja auf keine Verlobungsfeier!", versuchte sie es erneut. „Mach einfach irgendeine Fahrradtour, dann kommst du locker mit dem Geld aus."
„Nein, nein, nein! Ich will mit dem Rad zur Verlobungsfeier!", zürnte die Fernsehkandidatin und war kurz davor, sich wie ein bockiges Kind auf den Boden zu wer-
fen. Die Zeit hatten Monika und Heike inzwischen vollkommen aus den Augen verloren und jetzt standen
ihnen nur noch zehn Minuten zur Verfügung. Endlich
hatte die Verkäuferin den rettenden Einfall. Da war
doch noch das rosafarbene Polyesterkleid, bei dem die
letzte Kundin bei der Anprobe den Reißverschluss zerstört hatte. Das würde sich ohnehin nicht mehr zum
vollen Preis verkaufen lassen. Monika streifte es über
und es passte. Den kaputten Reißverschluss würde
man notdürftig durch Sicherheitsnadeln ersetzen können. Sonderlich gut gefiel es ihr zwar nicht, aber alles
war besser, als nackt auf den Laufsteg zu müssen.
Stolze 300,- Euro sollte das Mängelexemplar noch kos-
ten. „Für 50,- Euro überlasse ich Ihnen noch die Pro-
bierschuhe und diese Clutch hier.", führte die Boutique Besitzerin ihr Verkaufsgespräch fort und hielt
Monika ein kleines goldfarbenes Täschchen hin. „Dem
Himmel sei Dank!", erleichtert fiel Monika der Ge-
schäftsinhaberin um den Hals. Rettung in allerletzter
Sekunde, denn die Zeit war abgelaufen!

Mit derangierter Frisur und verblasstem Make-up
schritt Monika vor den anderen Teilnehmerinnen über

den Laufsteg. Edda, Annabelle und Maike, die sich noch gut an ihrer eigenen Shoppingerlebnisse erinnerten, bedachten die glücklose Kandidatin des letzten Tages mit wohlmeinenden achtzehn Punkten.

Somit trug Annabelle tatsächlich den begehrten Titel der Shopping Queen von Oldenburg davon. Mit ihren fünfundzwanzig Punkten hatte sie sich vor Edda, Monika und Schlusslicht Maike gesetzt. Der erste Anruf galt selbstverständlich ihrem „Hasen", der ihr noch am Telefon klarmachte, dass die eintausend Euro Gewinnsumme in neue Felgen für sein Auto investiert werden würden.

Im Nachhinein waren die vier Oldenburger Grazien über das Ende der aufreibenden Shopping Queen-Woche erleichtert. Jede von ihnen hatte die seiner Zeit von Andy Warhol für jeden Menschen prophezeiten fünfzehn Minuten Berühmtheit bekommen, wenn auch nicht ganz so schillernd, wie sie es sich erhofft hatten. Bei Ausstrahlung der Sendungen waren die Zuschauer sehr belustigt über die teils unfreiwillige Komik der Kandidatinnen gewesen und hatten dies auch in den sozialen Medien kundgetan. Aber schlechte Presse ist ja bekanntlich besser als gar keine Presse.

**Die letzte Geschichte ist eine Gemeinschaftspro-
duktion von Schmidt-Treptow und Rose**

*Die folgende Geschichte habe ich – gefühlt – hundertmal gehört.
Im Gegensatz zu vielen anderen verselbstständigte sich der Inhalt
aber nie. Es gab immer nur eine Version, die aber jedes Mal dra-
matischer erzählt wurde*

Meine Kinder

Gertrude Bohnsack, die auch Gerti genannt wurde, war jetzt
schon fünfunddreißig Jahre als Chefsekretärin beim Bauun-
ternehmen Kleinschmidt in Bremen tätig. Ihr damaliger
Mann Chlodwig hatte die damals Zwanzigjährige eingestellt, da ihm ihre patente Art gefiel. Herr Bohnsack war damals stellvertretender Geschäftsführer und für alle Perso-
nalbelange zuständig. Er galt als streng aber fair, war deshalb nicht bei allen Mitarbeitern beliebt, manche fürchteten
sich sogar vor ihm. Zu Gertrude hatte er von Anfang an ein
fast herzliches Verhältnis. Sein Privatleben hielt er unter
Verschluss, man wusste fast nichts über ihn. Hin und wieder
drang aber doch etwas durch. Manchmal erhielt er merk-
würdige Anrufe aus der damaligen DDR, die niemand wirklich deuten konnte. Lediglich bei Betriebsfeiern taute er etwas auf. Bei einer dieser Gelegenheiten müssen sich Chlodwig und Gerti etwas nähergekommen sein, denn sie kannte
plötzlich seine gesamte Vergangenheit. Der Stellvertreter
lebte Ende der 1940 er Jahre in Cottbus und war kurzzeitig
mit Agathe verheiratet. Aus dieser Ehe ging ein Kind hervor
– Friedeman. Anfang der 1950 er Jahren verließ Bohnsack
die DDR und siedelte in den Westen über. Seine inzwischen
geschiedene Frau und den Sohn unterstützte er aber weiterhin. Gertrude schwieg wie ein Grab über dieses Thema.
Wenn sie sonst auch ein wenig geschwätzig war und gern

und ausschweifend über sich erzählte, sagte sie über diesen Teil ihres Lebens zunächst nichts. 1973 heirateten Chlodwig und Gertrude. Alle Mitarbeiter im Unternehmen waren überrascht. Gerti freute sich diebisch, dass alles unter dem Mantel der Verschwiegenheit geblieben war. Da sie als Assistentin für ihren Ehemann tätig war, musste nun eine neue Aufgabe für sie im Betrieb gefunden werden. Vetternwirtschaft durfte und konnte nicht sein. Die Sekretärin des Vorstands verabschiedete sich gerade in den Ruhestand, so war sie nun für diese Position vorgesehen.

Chlodwigs innigster Wunsch war es, dass sein Sohn Friedeman mit seiner Frau Dorceen und den beiden Enkelkindern Cindy und Ronny in den Westen übersiedeln konnten. Ein gemeinsames Kind mit Gerti war ja nicht mehr möglich, da beide die vierzig schon gut überschritten hatten. Bohnsack setzte alles daran die Ausbürgerung und den Umzug nach Westdeutschland voranzutreiben. Ständige Kontakte mit dem Auswärtigen Amt gehörten zur Tagesordnung. Monatelang passierte gar nichts. Friedeman und Doreeen bekamen die Repressalien des Staates in Cottbus zu spüren. Beide waren Ingenieure und mussten, nach Beantragung der Ausreise, als Landarbeiter ihr Dasein fristen. Die Kinder wurden vom Gymnasium in die Volksschule zurückversetzt. Dann schlug das Schicksal richtig zu. Am ersten Weihnachtstag 1978 erlag Chlodwig einem Herzinfarkt. Der strenge Winter und massive Schneefälle in Norddeutschland hinderten die Rettungssanitäter rechtzeitig vor Ort zu sein. Gerti fiel in ein tiefes Loch, war wochenlang krankgeschrieben und lag nur noch im abgedunkelten Schlafzimmer. Sie wollte nichts hören und sehen von ihrer Umwelt.

Zusätzlich stellte sich immer wieder eine heftige Migräne ein, die sie apathisch werden ließ. Erst acht Wochen später fand sie langsam ins Leben zurück. Nach und nach ordnete sie den Nachlass ihres Mannes und fand einen Brief, den ihr Wiggerl, wie sie ihren Mann gern nannte, ein paar Tage vor seinem Tod geschrieben haben musste. Mit zittriger Hand öffnete sie das Kuvert und las: „Liebe Gerti, dies ist kein Testament, es ist ja sowieso alles geregelt. Ich weiß, du bist jetzt sehr traurig, dass dein Wiggerl nicht mehr bei dir ist. Es tut mir auch so leid, dass meine Kinder jetzt wohl aus der DDR nicht mehr ausreisen dürfen, da es ja offiziell keine Familienzusammenführung mehr ist. Du mit deinem großen Herzen wirst es aber schaffen, dass sich mein Wunsch doch noch erfüllt. Ich glaube an dich! Wir sehen uns wieder! Dein Wiggerl! Gertrude rannen Tränen über die Wangen, sie weinte hemmungslos, konnte sich nicht beruhigen. Gleichzeitig meldete sich ihre Kopfschmerzattacke wieder. Sie warf einen ihrer Migränebomber ein und legte sich ins Bett.

Am nächsten Morgen erwachte sie mit einem Gefühl, das sie lange nicht gespürt hatte. Es ging ihr seelisch besser. Als sie im Badezimmer vor dem Spiegel stand, grinste sie die Frau an, die ihr gegenüberstand: „Ich erfülle deinen Wunsch, mein Wiggerl, sei dir gewiss!" Dann machte sie sich zurecht und ging zur Arbeit. Sie hatte Schwierigkeiten sich zu konzentrieren. Ihre Gedanken kreisten immer wieder um den Wunsch ihres Mannes. Als sie abends zu Hause war überfiel sie wieder diese verdammte Einsamkeit. Sie fühlte sich alleingelassen und starrte minutenlang nur vor sich hin. Das Klingeln des Telefons riss sie aus ihrer Lethargie. Sie hob ab und vernahm die freundliche Stimme einer Frau vom Fernamt, die ein Gespräch aus Cottbus ankündigte. Wie ausgewechselt schrie sie in den Hörer: „Ja, ja, ich nehme das Gespräch an!" Dann hörte sie einige Minuten gar nichts mehr. Plötzlich vernahm sie die Stimme von Friedeman. „Hallo Muttsch, wie geht es dir? „Ach Friedchen, ich fühle mich so allein, muss aber auch ständig an euch denken, wie wir die Kuh jetzt vom Eis kriegen!" „Jetzt ist es erst einmal wichtig, dass du dich erholst, uns geht es ganz gut, okay, da sind nach wie vor ein paar Einschränkungen im täglichen Leben, aber wir kriegen das hin. Irgendwann sind wir zusammen!", erwiderte ihr Stiefsohn. Dann war die Leitung tot. „Wahrscheinlich war das den DDR-Bonzen wieder zu viel, nicht die richtigen Worte, nicht linientreu!", versuchte sich Gerti zu beruhigen.

Es dauerte dann wirklich noch fast ein Jahr bis die Ausreise von Seiten der DDR genehmigt wurde. Gertrude hatte in dieser Zeit alles in Bewegung gesetzt was möglich war. Selbst mit dem damaligen Außenminister Hans-Dietrich Genscher hatte sie Kontakt aufgenommen, was letztlich auf fruchtbaren Boden fiel. Nach einem persönlichen Gespräch mit einem Mitarbeiter im Auswärtigen Amt in Bonn fasste sie neue Hoffnung und tatsächlich kam die Sache ins Rollen. Mitte Juni 1980 erhielt Frau Bohnsack die Nachricht, dass ihre Kinder in zwei Tagen die DDR verlassen werden und in die BRD übersiedeln werden. Das Auswärtige Amt meldete sich ebenfalls. Man wollte wissen, wo Friedeman und Doreen in der DDR arbeiten würden. Gerti wusste es nicht und meldete ein Telefongespräch nach Cottbus an. Dann überkam sie mal wieder ein Migräneanfall, es blieb ihr nichts anderes übrig als das Bett zu hüten. Gegen Abend erreichte sie der Anruf. Schlaftrunken und immer noch von Kopfschmerzen geplagt wankte sie zum Apparat und vernahm die Stimme von Cindy. Gerti schrie fast in den Hörer: „Cindy, Kindchen konzentrier dich! Wo arbeiten Papa und Mama in Cottbus?" Die Zehnjährige überlegte einen Augenblick und meinte dann: „Beim VEB Kombinat hier in Cottbus!" „Gut Mädelchen, Oma hat ganz starke Kopfschmerzen, aber jetzt weiß ich Bescheid, wir sehen uns ja übermorgen! Dann schluckte sie noch eine Ibuprofen und legte sich wieder hin. Am nächsten Morgen ging es ihr bedeutend besser. Gegen Mittag meldete sich das Auswärtige Amt und teilte Gerti mit, dass sie ihre Familie am morgigen Tag gegen dreizehn Uhr in Helmstedt am Grenzübergang in Empfang nehmen kann. Sie brach in Aktivismus aus, bezog die beiden Betten im Gästezimmer für die Enkelkinder. Doreeen und Friedeman sollten zunächst mit der Schlafcouch im Wohnzimmer Vorlieb nehmen. „Ein paar Wochen muss das eben gehen!", machte sie sich selbst immer wieder Mut. Dann rief sie ihre Schwägerin Almut an und bat sie, dass sie sie morgen nach Helmstedt begleiten solle. „Ach Gerti, wie sollen wir das machen? In meinen Sportwagen passen wir alle nicht hinein. Aber ich werde meinen Nachbarn fragen, der hat einen VW-Bus, damit kriegen wir das Kind geschaukelt!"

Tatsächlich fuhr Gertrude mit Herrn Wegner am folgenden Tag nach Helmstedt. Immer wieder plagten sie Zweifel, ob man den DDR-Bonzen vertrauen konnte und sie ihre Familie tatsächlich durch den Eisernen Vorhang in den Westen lassen. Mit fast einer Stunde Verspätung öffnete sich die Tür des Warteraums der westdeutschen Grenzpolizei. Frau Bohnsack war so angespannt, dass sie kaum glauben konnte, was sie sah. Völlig verschüchtert standen ihre vier Angehörigen vor ihr, jeder hatte lediglich einen Koffer mit ein paar Habseligkeiten mitnehmen dürfen. Doreeen rannte auf Gerti zu, fiel ihr um den Hals: „Muttsch, jetzt sind wir im Westen, endlich zusammen!" Sie lagen sich minutenlang weinend in den Armen. Dann begrüßte sie ihren Stiefsohn und die Kinder. Der ebenfalls anwesende Grenzer rief zur Eile auf. Nachdem Paul Wegner das Gepäck verstaut hatte machten sich alle auf den Weg nach Bremen. Es war ganz still auf dieser Rückfahrt, alles schien so unwirklich. Die Ausgebürgerten konnten kaum glauben, was sie sahen, waren aber nicht in der Lage dieses mit einem „Ah" oder „Oh" zu kommentieren. Gut ausgebaute Autobahnen, Autos jeder Kategorie in Hülle und Fülle waren ihnen in der DDR fremd. Erst gegen Abend kamen sie in Gertrudes Wohnung an. Erneutes Erstaunen machte sich bei den Neuankömmlingen breit. Die Wohnung der Bohnsacks war mit viel Geschmack und Eleganz eingerichtet, auch die Größe von fast hundertvierzig Quadratmetern und fünf Zimmern beeindruckte. „Ist ja wie damals in Prag im Hotel *Esplanade!*", brach es aus Doreeen heraus. Wieder liefen Gerti Tränen übers Gesicht. Praach, wie sie es immer aussprach, war jahrelang eine sichere Adresse im sozialistischen Ausland, um sich treffen zu können. Die Tschechen waren damals etwas großzügiger und erteilten Westdeutschen schneller ein Einreisevisum. „Für Cindy und Ronny habe ich das Gästezimmer für die nächste Zeit vorgesehen, ihr müsst zunächst mit der Schlafcouch im Wohnzimmer Vorlieb nehmen. Fangt schon mal an, euch einzurichten, fühlt euch wie zu Hause. Heute war ja nicht viel Zeit, ich habe lediglich einen Eintopf mit Würstchen vorbereitet." Dann verschwand sie in die Küche. Die vier Zurückgebliebenen sahen sich minutenlang schweigend an.

Beim Abendessen löste sich die Stimmung etwas. Gerti hatte eine Liste vorbereitet auf der alles vermerkt war, was für die nächsten Tage notwendig sei. Die Kinder mussten in der Schule angemeldet werden, Behördengänge waren zu erledigen, es standen vier Wohnungsbesichtigungen auf dem Programm. Auf Friedeman wartete sogar schon eine Arbeitsstelle bei Kleinschmidt, in seinem ursprünglichen Beruf. „Und für dich finden wir auch noch was, aber kommt erst mal an!", wandte sie sich an ihre Schwiegertochter. Tatsächlich sollte sich in den nächsten Wochen alles zum Guten fügen. Das Einleben im Westen klappte erstaunlich gut. Die junge Familie bezog eine schöne Dreizimmerwohnung in Bremen-Vahr. Das war zwar nicht so ganz nach Gertis Geschmack, denn sie lebte ja seit Jahren im vornehmen Schwachhausen. Aber sie bewunderte die Sparsamkeit ihrer Familie. Immer wieder sagte ihr Stiefsohn, dass er Gertrude nicht auf der Tasche liegen wolle worauf sie erwiderte: „Dein Vater hätte das alles genauso gewollt!"

Das alles lag jetzt schon Jahre zurück. Frau Bohnsack arbeitete nach wie vor als Chefsekretärin. Friedeman war inzwischen zum Gruppenleiter in der Planung aufgestiegen. Doreeen hatte einen gut bezahlten Job als Ingenieurin in einem Architekturbüro. Regelmäßig holten Gerti aber Erinnerungen ein, die sie gern preisgab. Immer wenn ein neuer Mitar-

beiter oder ein Auszubildender für einige Zeit von ihr ange-
lernt wurde, hatte sie ein neues Publikum für ihre Geschichte. Meistens standen die Türen offen zwischen den
einzelnen Büros, sodass Hannes und Alex, die sich das
Nachbarzimmer teilten die Story nun schon einige Male gehört hatten.

Es war Cornelias erster Tag bei Kleinschmidt. Erst vor kurzem hatte sie ihre Ausbildung zur Bürokauffrau beendet
und sollte nun das Team um Frau Bohnsack verstärken. Sie
war etwas aufgeregt gewesen, als der Firmenchef sie am
Morgen durch die Räumlichkeiten geführt und den Kolleginnen und Kollegen vorgestellt hatte. In ihrer Altersklasse
hatte sie kaum jemanden gesehen, aber sie würde mit den
anderen schon klarkommen. Wie hatte die Kollegin noch
gleich geheißen, die die verdutzte Cornelia bei der Begrüßung sofort umarmt hatte? Ach ja richtig, Gertrude
Bohnsack. „Das mit der Einarbeitung kriegen wir schon hin,
Mädelchen, da habe ich schon ganz andere Sachen hinbekommen!", hatte sie gesagt. Connie hätte sich selbst zwar
nicht gerade als „Mädelchen" bezeichnet, aber jede Genera-
tion hatte wohl so ihre eigene Wortwahl. Und was das wohl
für „Sachen" waren, die die patent wirkende Mitfünfzigerin
schon hinbekommen hatte? Nun, das sollte Cornelia sehr
schnell herausfinden. Denn auch Gerti hatte sich so ihre Gedanken über den Neuzugang gemacht. Endlich war da mal
wieder jemand, dem sie ihre Lebensgeschichte erzählen
konnte. Sie liebte es, sich die Vergangenheit ins Gedächtnis
zu rufen und die Geschehnisse so vor ihrem inneren Auge
erneut zum Leben zu erwecken. Bedauerlicherweise teilte
ihr Umfeld diese Freude nicht. Mittlerweile suchten die

Menschen, die ihre Geschichten bereits gehört hatten, immer schnell das Weite, wenn Gertrude mit ihren Erzählungen begann.

Und richtig, bereits am zweiten Tag begann Frau Bohnsack ihrem Mädelchen die Geschichte ihrer Kinder zu erzählen. Im Büro nebenan verdrehte Alex die Augen: „Gleich kommt die Stelle mit dem Hotel in Prag." Natürlich zog er das A entsprechend lang und das G wurde durch ein CH ersetzt. Hannes musste grinsen und warf lachend ein: „Und mit achtzig sieht man die Uhr nicht mehr." Das war ein Running Gag zwischen den beiden. Frau Bohnsack hatte inzwischen zugelegt. Ihre Armbanduhr verschwand oft in einer Hautfalte zwischen Unterarm und Handgelenk, wenn sie sich auf ihren Schreibtisch stützte. Das sah aus wie eine Knackwurst.

Ein halbes Jahr, nachdem Cornelia erstmals einen Fuß in die Firma gesetzt hatte, sie war nun zwar nicht mehr die Neue, aber noch immer das Mädelchen, verzeichnete die Firma wieder einen Neuzugang.

Timm hatte als Praktikant angefangen und saß nun mit Gertrude, die den Neuling natürlich gleich unter ihre mütterlichen Fittiche genommen hatte, in der Küche beim Mittagessen.

Cornelia hatte schon die Türklinke in der Hand und wollte gerade ebenfalls die Küche betreten, als sie Gertrudes Stimme vernahm: „Ach, Jüngelchen, damals habe ich einen Umzug ganz allein nur mit einem Bollerwagen erledigt, dass könnt ihr jungen Leute euch heute ja gar nicht mehr vorstellen! Und danach haben meine Kinder und ich auf dem Balkon gesessen und Kaviar auf Ei gegessen! Es war so lustig und wir haben so gequiekt! Mein Gott, war das herrlich!"

Cornelia musste grinsen und ließ die Türklinke wieder los. Nein, da wollte sie lieber nicht stören, da sollte der Praktikant mal ganz alleine durch.

Autoren

Hans-Peter Schmidt-Treptow studierte Betriebswirt-schaften und arbeitete zunächst in unterschiedlichen Banken. Seit 1990 veröffentlicht er Kritiken, Essays und Berichte über Konzerte und Theaterstücke. Seit 2010 wirkt er als Booker im Musikgeschäft u. a. für Peggy March, Cindy Berger und exklusiv als Manager für den Comedian Eco Klippel. 2019 erschien sein ers-ter Roman *Erzwungene Liebe,* 2020 folgte die fiktive Biografie *Das Leben ist kein Vollplayback.*

Gleichzeitig mit den jetzt veröffentlichten Geschichten *Ist das Leben wirklich so?* kommt die Autobiografie von Peggy March auf den Markt unter dem Titel *I will follow me – Wie ich anfing ich selbst zu sein,* an der er mitge-arbeitet hat, indem er die Tagebücher der Künstlerin übersetzt hat.

Sandie Rose wurde 1972 in Bad Harzburg geboren und ist hauptberuflich im Bankensektor tätig. In ihrer Freizeit beschäftigt sie sich mit kreativen Tätigkeiten wie textilem Gestalten, Malen und Schreiben.

DANKE

Marcel Zeh für technische Betreuung
Carsten, der manchmal die bessere Wortwahl fand
Carolin Runge *CAROLICIOUS* für das Layout und die
Umsetzung
Michael Kohlhaas für die authentischen Fotos

Besonderer Dank:

an Thomas Schulte für Lektorat und Beratung

und

allen, die überhaupt zum Entstehen dieser Geschichten beigetragen haben und mich motivierten diese zu
schreiben

Weiterhin erhältlich

Erzwungene Liebe

Oliver ist Ende 30, schwul und Redakteur einer Kreiszeitung – er hat sich arrangiert. Doch nach einem One-Night-Stand explodiert unerwartet eine unbekannte Sehnsucht nach dem diskreten Niklas, der jedoch fest liiert ist. Nichts trennt sie mehr, wenn sie zusammen sind, aber Niklas wird immer nur für den Moment wiederkehren.

Befreit, aber eingeengt in ihrer verborgenen Beziehung, fordert Oliver hingebungsvoll und unnachgiebig eine Entscheidung von Niklas.

Wollen wir Liebe erzwingen, wenn wir lieben?

ISBN

Paperback
978-3-7497-6180-7

Hardcover
978-3-7497-6181-4

E-Books
978-3-37497-6182-2

Das Leben ist kein Vollplayback

Ein Star ist auch nur ein Mensch

Auf ihrer Abschiedstournee hat das Publikum sie gerade noch euphorisch gefeiert. Ihre harte Karriere zum Star um Showgeschäft wird für Jana Levin, 65, zur verlässlichen Erinnerung. Doch zurückgeworfen auf sich selbst, spürt sie nichts! Die Karriere bestimmte ihr Leben, ihre drei Ehen, ihre Rolle als Mutter und Geliebte. Unerfahren mit dem privaten Ich erprobt sie notwendige Neuanfänge. Aber das Leben bietet keine Vollplaybacks.

Jahre nach ihrem Abschied startet sie eher unfreiwillig ein Comeback, aber nicht als Sängerin. Und wird erneut auf den Wogen des Erfolges getragen.

ISBN

Paperback
978-3-347-02250-8

Hardcover
978-3-347-02251-5

E-Books
978-3-347-02252-2